U0750108

梦路生花

施德东 著

浙江工商大学出版社
ZHEJIANG GONGSHANG UNIVERSITY PRESS
·杭州·

图书在版编目(CIP)数据

梦路生花 / 施德东著. —杭州：浙江工商大学出版社，2021.5

ISBN 978-7-5178-4484-6

Ⅰ.①梦… Ⅱ.①施… Ⅲ.①诗集－中国－当代 Ⅳ.①I227

中国版本图书馆 CIP 数据核字(2021)第 080421 号

梦路生花
MENGLU SHENGHUA

施德东 著

责任编辑	任晓燕	
封面设计	许寅华	
责任印制	包建辉	
出版发行	浙江工商大学出版社	
	（杭州市教工路 198 号　邮政编码 310012）	
	（E-mail:zjgsupress@163.com）	
	（网址:http://www.zjgsupress.com）	
	电话:0571－88904980,88831806(传真)	
排　版	杭州朝曦图文设计有限公司	
印　刷	杭州高腾印务有限公司	
开　本	880mm×1230mm　1/32	
印　张	12.25	
字　数	328 千	
版印次	2021 年 5 月第 1 版　2021 年 5 月第 1 次印刷	
书　号	ISBN 978-7-5178-4484-6	
定　价	68.00 元	

版权所有　翻印必究　印装差错　负责调换

浙江工商大学出版社营销部邮购电话　0571－88904970

序

无处不诗意

何玉宝①

　　庚子暮春,与东白先生一道去磐安采风,应邀为他的新诗集写几句锦上添花的话。这是一个轰轰烈烈的经济时代,股市、房子、赚钱⋯⋯无时无刻不刺激着人们的神经,能安心坐下来写诗,本身就是一件不容易的事情。上天赋予了人类各种各样的特殊潜能,这些隐藏在人体内的特殊潜能,总会在不经意间忽然显现。我想,一个人能在临近退休的前几年,忽然焕发青春的诗意,像回到少年时代那样热爱上诗歌,必然是他体内天生就潜藏着诗意的天赋。东白先生学的专业是物理,写诗是他近几年才生发出来的爱好,大有一发不可收之势。这部诗集《梦路生花》从初创到成稿,只用了三四年的时间,取得这样的成绩,令人惊喜。

　　世界是多彩的,生活是美好的,美与丑仅仅是视角审视的不

---

　　① 何玉宝,江苏如皋人,现居浙江绍兴,自由撰稿人。江苏省作家协会会员,原《绍兴诗刊》主编,其有文艺作品曾获绍兴市第十三届鲁迅文艺奖百花奖、浙江省第十四届"五个一"工程奖,并有国家艺术基金项目立项。

同,只要你心怀诗意,诗歌就无处不在,因为你喜欢的一定是美的。《梦路生花》内容丰富、题材广泛:有时代气息,有山水生灵,有生活场景,有岁月印记,有亲情爱情,有哲理箴言,有人生感慨……可以看出,东白先生具有一种随处捕捉诗意的天赋。大千世界、芸芸众生,都是他信手拈来的题材,万物人事,皆可入诗。他的诗为我们构筑了无处不诗意的美好景象。如《春天的样子》《秋雨的早晨》《山里小花》《风儿,在追》《小满的微笑》《草帽》《红灯笼》《夕阳红》《腊八粥味》《神奇的鹰》《爱河永恒》《名人广场穿越记》等,涵盖了自然与生活的角角落落,像一支多彩的万花筒,旋转出美好的生活画卷。

古人云:读万卷书,行万里路。行走能拓宽视野、增进认知,经历让我们丰满、丰富!有益于写作,谓之经验写作,我也很是认同这个说法,一直把经历视为写作者的财富。身为高校教授的东白先生,有着丰富的人生阅历,这些经历给予了他取之不竭的创作养分:他的故乡在金华永康,曾经在丽水学习、工作二十多年,现居绍兴,经常奔走在绍兴、永康、丽水、龙泉之间。因此,他的诗歌主要围绕着故乡、记忆、行走、亲情、校园等进行生发,向我们描述场景、传递真情、抒发感怀,生活气息浓郁,感情丰富真挚,表达朴实无华。如:《忆故乡》中"手捏着属于自己的土/缘一回旧梦";《童年的记忆》中"碗里的腊八粥/把我带回淡淡、酸酸、甜甜的童年";《冬天的记忆》中"故乡,是狭长的山川/弯弯的小路两头伸长";《千年相约,你是我的小情人》中"也许,是前世的约定/也许,是今生的结缘";《我心飞翔》中"一个深远的声音/像高山上的一棵大树/冲破昨夜黑暗/天空,忽然向我开放"……

这些朴实、真情的诗句,能让我们窥见其内心的波澜,有挥之不去的记忆,也有切切实实的真情,更有灵魂的碰撞……

诗歌是一门语言的艺术,总体上来说,东白先生的诗歌语言,具有一种传统的古典语境,阅读质感相对平淡简单,大多是一眼能读透的文字,这或许与阅读积累、职业习惯有关,有课本化的倾向。当然,富有情感张力的语言,在他的诗歌中也时有闪现,如《野菊花》中"野菊花是不要命的花";《冬日之爱》中"爱的温度/见证着周而复始的生命";《带回一屋子的美丽春天》中"靠着心爱我的人/慢慢合上眼睛/是一屋子美丽春天";《在冬天唱春天的歌》中"鲜花伸长脖子在歌唱";《秋雨中漫步》中"一江秋水/融入一幅水墨画";《登披云山》中"踩在披云姑娘的裙摆上/能听见星座间对话的声响"……这些灵动的、有趣的语言,着实能让阅读者体会到飞翔的感觉,这里不再一一列举,此类带给人无限想象的语言,在他的诗中比比皆是。

诗无定式,我觉得具有诗意的文本就是诗歌。当然,前提必须具有诗意,语言流畅优美,具有想象力,能带给人美好向往,或者激发人对生活与事物的共鸣,至于怎么组合,各有技巧,恰如四季轮回,花怎么开,天气怎么变,都不同,但必须有明显的季节特征,我们才能叫它春夏秋冬。东白先生的诗歌创作,属于传统写作范畴,他的题材捕捉能力特别强,涉猎广泛,既有浓郁的生活气息,又有超脱的浪漫情怀,还让人能深切感受到时代精神,真是无物不入诗、无处不诗意。读东白的诗,能体会到多种可能,思乡之情、儿女之情、山川之情、时代之情,因题材之广,总会形成一种共鸣,如涓涓细流,从心头缓缓而过。

"脚下之路,何惧光阴/河流拄着拐杖向前/太阳为之拭擦眼泪"(《梦路生花》)……这部《梦路生花》是东白先生的第一部诗集,也是他诗歌创作从起步到成长、成熟的一个见证。全书分为"梦路生花、对岸的灯、冬天是一首畅想曲、我心飞翔、夜晚给我灵魂自由、走一段唐诗之路"六个小辑,值此出版之际,衷心地祝愿东白先生在诗歌园地里硕果累累,在未来的诗路上,能写出更多更具灵性、更有情趣的佳作!

2020 年 8 月 4 日

目　录

第一辑　梦路生花

第二辑　对岸的灯

第三辑　冬天是一首畅想曲

第四辑　我心飞翔

第五辑　夜晚给我灵魂自由

第六辑　走一段唐诗之路

第一辑 梦路生花

远山行

夏天到了,河山呈现春意
内心深处和谐
复兴晨光
像一枚时针在地球混乱时期转动

远山,锁着岚气
新冠病毒却像浓浓的霾
满世界跑
东方神曲在雾里唱,一位中山装巨人
反复呼唤中华的名字
高山倾斜,河流倾斜
一条巨龙仿佛装上苍鹰的翅膀
巡航

苍鹰的眼睛是雪亮的
一行攀登者
正在测高
朝着珠穆朗玛峰方向前进

2020 年 7 月 1 日

注:1.夏天指华夏的天。2.发表于《名家名作》2020 年第 11 期第 59 页。

采摘一缕缕阳光

巍巍四明山
我第一次投入你的怀抱
一路歌声
笑语和着天使的童音
随户外越家军进入山林

芦花穿着乳黄的袈裟
合手眯眼欢迎
清风一脸喜悦
银杏方丈金身虔诚
永恒的太阳
照耀着流水与小草

翻山越岭,一路
谁记得翻过几个山头
汗水洗涮了岁月的忧伤
穿过罗汉谷
踏过神仙到访过的地方
登上大俞山峰凝望四窗岩

站在山顶

呼吸群山的清欢
打开心窗
如四窗岩洞
采摘一缕缕阳光

2018 年 12 月 21 日

注:发表于《奉天诗刊》2019 年 1 月,第 70 页。《远征诗刊》金诗奖选登
作品。

梦路生花

欲登山峰
上山下山未必有路
东方只做一个梦
道路蕴藏一泓清泉

溪水汇聚世界洪流之中
泥沙俱下
华夏不怕汹涌把桑田席卷

脚下之路,何惧光阴
河流拄着拐杖向前
太阳为之拭擦眼泪

你不必等待
当下,我怀着大江的姿态
一路向东
波涛荡起朵朵浪花

2018 年 8 月 22 日

注:发表于《名家名作》2020 年第 11 期第 59 页。

走到自己想去的地方

前半辈子的梦
后半辈子依然念念不忘
一把燃烧的火,在冬天
远方挂着一个太阳

梦就是这个样子的
阳光,伴风雨
甘露,对风霜
生活还有看不见的羁绊

你翻越一座大山
后面还有一片沼泽地
你拨开一片乌云
还连着黑色夜晚
只身匍匐穿过黑暗
诗的风景
在远方的险峰

我要磨穿一万双鞋底
磨破一千层脚皮
对天对地,宣战

对江对山，宣战

用上帝赠送的一双脚
毫不吝啬
一步一步
走到自己想去的地方

2017 年 11 月 21 日

注：发表于北京《御风秦楚》2017 年 11 月 26 日。

大山,大山

一个村落在山中
一个声音在山谷回荡
归来吧
三十八年的游子

大山,春花似锦
大山,盛夏葱郁
大山,秋林华实
大山,寒冬皆藏
我的故乡
父母,就是一座大山
稳固,安宁
你是我灵魂和肉体安放的地方
大山,大山
我回家住

2018 年 1 月 30 日

在山间草屋等你

春夏之交
山林响有甜甜的鸟鸣
我怀一颗初恋的心
漫步小道
淡淡的思念像清清的溪水
滋养绿茵
漫过卵石流淌
思念的心海
泛起未来的涟漪

一程山水
一段情
宁静纯洁像蓝天白云
悠闲，从容
像清风爬坡一样轻快
像蝴蝶飞舞一样轻盈

山涧尤为凉爽
没有高楼
没有大厦

没有别墅

我在山间草屋等你

2018 年 4 月 23 日

注：发表于《华南诗刊》2018 年第 3 期，第 14 页。

梦游敬亭山

山在雾里
人在林中
一条缓缓向上的诗径
通向天际阁
梦里走着
逢一位吟咏诗歌的姑娘
天籁之音
声调清脆悠扬……
她有玉真公主
一样纤纤的身材
一样洁白的肌肤
一样圣洁的姿容
在雾中飘然吟诗采风

山在雨里
人在山中
一条缓缓向上的诗径
连接着苍穹
梦里走着
逢一位吟咏诗歌的帅男
浑厚的低音

绵软也铿锵……
他有陈毅将军
一样魁梧的身材
一样黝色的肌肤
一样正气的军姿
在雨中泰然吟诗采风

山披翠绿
人隐其中
一条缓缓向上的诗径
迎接太白谢公
梦里走着
逢一位吟咏诗歌的长者
似醉非醉
声调悠长悠长……
他有诗仙李白
一样身姿的长影
一样满腹的经纶
一样魂魄的诗心
在翠绿中
悠然吟诗采风

2017 年 12 月 16 日凌晨

注：发表于《雪魂》2017 第 5 期，第 47 页。

静心亭

棋盘山是龙泉的神仙山
怀一颗禅心前往
踏着步道
鹅卵石镶嵌
我宛如踩着前人脊梁
路边全是青衣
回头一看
僧人,还有念佛的人
踩过多少人的肩膀
往上翘首
烟雾缭绕
是一个清净的地方吗
神仙没有全如意
贫生只求半称心
在静心亭逗留
此时,仿佛世界就在亭内

2018 年 4 月 30 日清晨

父亲的背影

六十年代父亲劂山垦荒
种姜,砍柴
用锄头和扁担的体温
养活全家六口人

月光,星星
常和一辆独轮车
在山间小路前行

在我求学的路上
一头铁牛莽撞
一棵大树
被碾断三根肋骨

悲伤的母亲
凹陷的眼睛
盯着我
我更懂父亲的眼光
倔强走出大山

虽然不负时光

岁月却有锋利的牙
吞噬着父亲魁梧的身体
影子越来越小
组成了岁月的光阴

2018 年 4 月 24 日

注:劚,读音 zhú,即大锄。

站在九子岩阅读自己

魅力朱备,乡村沐野
带来解读灵魂摆渡的高手
与九子岩的灵魂对话
宛如一面心灵的铜镜

我来九华山九子岩领奖
爱好诗歌的心在漂浮
沉默的左手,阅读倔强的右手
是放不下尘世的喧嚷

一座山就是一尊佛
倾听九子岩的九子泉声
一树一菩提
我寻觅九子岩的长老

诗与佛凝视发出温暖的目光
让我阅读自己
阅读内心的痛处
在我的身体深处慢慢穿越

我站在九子岩顶上

用九子岩的风审判自己
用九子岩的水冲醒自己
用九子岩的情怀宽恕自己

2018 年 4 月 21 日

注：本诗为参加 2018"魅力朱备"九子岩诗歌节有感而作。

故乡漂泊的云

一树一村庄
一片森林
一个世界

高山的青松
高山的云
从童年住进我的心房
光阴如炊烟

山涧小溪那一条小鱼
在我心中
游动了三十六年

用江南的水擦去眼角的泪花
白云漂泊
越过一座座大山

2018 年 2 月 12 日于龙泉

春天的热情

春风春雨热情
隔窗叫了一晚
背起行囊出发

江南水乡的护城河
是杨柳老家
姑娘站立河岸
梳着长辫
舞动腰身替春发言

穿过名人广场
亲水河畔
直奔春天的路口
车与人挤满
那是春天
温暖心灵的排练

春阳,春风
撩人歌喉痒痒
笑靥印刷出
一家子

一家子春天的快感

新时代的节奏
春天一路放歌
你我他的涟漪
不仅仅是为了
感谢春风春雨的诚意

2018 年 3 月 12 日

注：发表于《大东北诗刊》2018 年第 2 期，第 122 页。

江南春雨一夜情

江南的诗
水乡的情
邀请惊雷喜雨
淅淅沥沥
溜进了
香樟树上鸟雀的被窝

摇醒熟睡中的布谷鸟
还有田野
乱了姿势的小草

雨中的情
风中的诗
感召古城青巷烟雨
丝丝绵绵
沁人心

风雨灌醉春天的清晨
一轮旭日
问道人

是谁多情
江南一夜春雨

2018 年 3 月 13 日

注：发表于《大东北诗刊》2018 年第 2 期，第 122 页。

吼山桃花节

春风潜伏在吼山
桃花遍野含苞,绽放
宛如唐诗宋词
走来一位位佳人

香味从桃花体内散发出来
送往成群结队的游客
时光牵手
端来桃花潭水
小车运走一拨拨春光

2018 年 4 月 1 日于吼山桃花节

注:发表于《大东北诗刊》2018 年第 2 期,第 123 页。

迷人的桃花

桃花,我见了
不由自主靠近
你那么艳,那么鲜
你是上天的尤物

我想学蝴蝶
吻你的脸颊,吻你的唇
我想学蜜蜂
给你一个深深的吻

你偷走我的心
却成为大众的情人

你的心是开放的
你的心像晶莹的雪花
日出相融
夜落帷幕,拥抱爱

2018 年 3 月 29 日

注:发表在《大东北诗刊》2018 年第 2 期,第 122 页。

你是我的今生挚爱

也许，是前世的约定
也许，是今生的结缘
——你是我今生的挚爱

有你，一路甜蜜
一路欢歌笑语
你是我荒芜废墟上
冒出的一棵青草
赋予我诗意般的生活

在我人生低潮的时候
你来到我的身边
那时，我不知所措
在黑暗中摸索哭泣
感恩上帝的眷顾
自从，有你
偶尔，风霜
偶尔，风浪
即使隆冬，漫天飞雪
也挡不住我要走的路

你活泼灵动
你哭泣撒娇
你透明中带有一种坚定
不是无可挑剔
你却是我今世的唯一

我会寻找最洁白
最晶莹的花朵
装点你纤纤身材的容姿
不想让一点儿的灰尘
蒙污你的眼睛

你脚步轻盈，神采飞扬
你我牵手相约
一个小小的暗示
都会让我的诗意喷发
那是你给我的丰盈
也许，是千年前的约定
也许，是千年后的结缘
和你，和诗
把一生过成葱郁的两世
带好爱的行囊——再出发

2018 年 2 月 28 日

清风巡山

蔚蓝的天空,太阳高照
辽阔的大地
春夏秋冬颜色的打扮

季节的相思,像雨,像风
像溪水流淌
孕育一程又一段绿茵

轻轻的吻
像悠悠的白云
唇印在心海
荡漾

相拥的旋转,像蝴蝶飞舞轻盈
牵手纯洁
是清风巡山

2018 年 4 月 26 日

四月一朵花

响彻耳边的清明
随光阴的脚步声远去

雨纷纷落下的诗意
紫罗兰来过了
海棠花来过了
桃花樱花也都走了

我的前世小情人，嚷着
要去看油菜花
明知花期已过
直奔梯田叠加的李山头
没有花，层层梯田仅有结籽的油菜
心中却装满田野的绿意
和山坡的葱郁

带回溪流的笑声
鸟鸣的问候
回家
身边常开一朵花

2018 年 4 月 17 日

端午之魂

端午,华夏魂魄之节日
吃粽子,赛龙舟,喝雄黄酒
插艾叶,挂菖蒲
都是三闾大夫圣洁的品行
你的灵魂淌过亘古的江水
黯淡的烛光淹没你的光彩
扬笔疾书,咬牙切齿在《离骚》中
狂啸出满腹的爱与恨

你鬓微霜高大,粲然的笑颜
却被一心贪享贵族特权所吞噬
大楚联齐抗秦,修明盛世
也渐渐被投降派的荣华所淹没

刀割心痛的记忆难以抹去
黄沙漫天,号角嘶鸣
多少冤魂横尸碾死在车轮底下
宛如道道伤痕刻在你的心瓣

浪声、弑杀声,铿锵
爱国、哀民怀石子立于江中

身影如血鹃、如残阳
随着岁月的流水越长越艳

你在风雨飘摇中凄然
潸然涕下，你长叹《天问》
"吾将上下而求索"
执一念坠去滚滚江水东逝

汨罗江畔的稻花香
浸透着一年一度的端午香粽
与日月同辉
"魂魄归来兮"，永远的屈原

2018 年 4 月 16 日

进山寻找自己

山中深,我不知其有多大
山里静,我不知其有多少秘密

诗的意象
如青山,青松,清泉
如童子,药师今又何在

进山。有诗的意蕴
我无法用锄头挖掘
只能让它
在风中、雨中、雪中,渐渐长大

进山。白云生处有人家
柴门敞开
欢迎路过的客人

我不是科班出身
写不了经典诗篇
只能在山中享受诗意
寻找另一个自己

2018 年 11 月 7 日清晨

春归

路边的小草探问
春天在哪里
小鸟频频点头
轻轻踏着枝条
摇出大地的温暖

春花依次盛开
翠竹集体喜迎春色
一江绿意
浓浓披向盛夏

老农老牛
背着心甘情愿的犁铧
春泥的芬芳
和夕阳
和晚霞一道返家

2018 年 4 月 13 日

吼山

吼山,地之魂
从千年前地心蹿出大地巨手
托着两位神仙下棋
喝着老酒一醉千年

吼山,地之魄
千年前的混响是地心的颤音
凿石之声,运石之声
响彻蠡城和越中大地

游江南水乡不到吼山
就听不见越王劈石和大地的吼声
徐渭、陶望龄、陆游
鉴湖女侠、鲁迅……
一个越中大地的声音
在回荡

2018 年 4 月 1 日

春花盛开

春光推开 2018 新年的房门
浓郁的年味
留在一碗元宵汤圆里

春雷一声,闹春
三月满园春色
内会止在隆重召开

亿万百姓,日夜期盼
建服务型满意政府
乡村振兴,健康中国
科技创新,文化强国
腾飞新时代春天的梦想

关注国计民生
聚焦热点舆情
脱贫攻坚,新金融监管
实行全覆盖
那是民心的指望

总理传来暖心的报告

住房,医疗不满意的地方
自上而下
是深化改革的大方向

北京两会的春风
越过平原、江河、高山
春天的繁花
在大江南北遍地盛开

2018 年 3 月 6 日

野菊花

野菊花是不要命的花

当秋风一阵阵刮起,寒风
像贼亮的刀越磨越快
大地空了

大地空了。你仅仅是一朵小小的野菊花
在山岗走着
雪花霜粒硌脚

远方是凄迷茫然的天边
野菊花
冬天了,你要走到哪里去

2018 年 2 月 11 日

注:发表于《奉天诗刊》2019 年 1 月,第 70 页,为《远征诗刊》金诗奖作品。

清晨爬山

我爱清晨爬山
更喜欢杂念清零
山路旁
阳光斜照树荫柔
丛林间
鸟鸣欢畅摇枝头
迎着曙光
放飞梦想
心中有诗和远方

我爱清晨爬山
化去往日烦恼
一路拍照
凝视野花小草
一路欣赏
眺望山野风光
沐浴晨露
脚步丈量
景仰高山

2017 年 5 月 20 日

今夜注定无眠

今夜心中的灯
跳出夜色的黑暗
寂静的晚上
都会久久凝望江的对岸

我喜欢上一位姑娘
无法当面表白
把文字和诗意的光芒
写在一本诗集上
登山为姑娘祈祷
从一支岁月的长笛中
从容走来
晴天、雨天、雪天
爱的露水滋润着我的心田

月亮爬上树梢
月光谱曲,流水伴奏
歌声在低浅吟唱
我立足聆听
夜幕也封不住你的姿色
你真诚、善良

如碧玉羞花
让我意乱情迷

爱河因真情而丰盈
今夜注定无眠
天空洒下的不是月光
而是爱情的圣洁
今夜怦然心动
浓浓的爱液浇注一树桃花盛开

注：1.发表于《天涯诗刊》2018 年第 1 期，第 67 页。2.收录于《最美爱情经》，团结出版社 2018 年第 1 版，第 90 页。

享受初夏的阳光

江南初夏
山林阳坡地
红了樱桃，绿了芭蕉
心情带着美丽
清晨爬山穿过素墙青瓦的古城
高楼林立
百鸟朝凤轻摇枝头
花果到处飘香
站在香炉峰顶
变化的桑田
是人类走过的脚印清晰而自然
阳光普照的地方
山上山下
郁郁葱葱

2018 年 5 月 6 日

注：有感两会后新农村的变化，发表于《人民诗界》2018 年第 4 期，第 44 页。

草帽

岁末枯荣霜雪封杀
荒芜黄衰
岁初春意
雨露一点生机盎然

今朝一夜,静默
等待召唤
今朝一阳
鼎天,风雨相伴

前世,在脚下
命贱身不贱
今生傲视,站在头上

2018 年 4 月 7 日

祖先托梦

一夜雨
翌日晴
正是踏青祭祖时

一颗禅心,分装两篮
一篮是奶奶的
一篮是爷爷的

一个在东山
一个在南山
爷爷托梦于我

长孙啊,何年能实现
我们合墓的愿望
阴间的事
是否比阳间的事难

2018 年 3 月 21 日

大阳古镇,名嘴之我印象

太行山麓,古镇长街
被一只公元前硕大无比的灵龟托起
阳阿积藏
二千六百多年岁月的光辉

群山怀抱,香山壮丽
漫步古镇,万千气象
城池寨堡,官宅商居街巷纵横
楼阁津梁,寺庙祠庵比比皆是

让一砖一石一草一木
发出锣鼓喧天沧桑缭绕的余音
东西两大阳,南北四寨上
沿河十八庄,七十二条巷
九十三个阁,九市八圪垱
上下两书院,青巷十里长
鲜活的古镇用身体余温静静安居

春秋战国,两汉魏晋
阳阿奇舞,阳阿薤露
歌舞之乡演奏出大阳蚩声

挥一把阳阿历史长剑
劈开岁月晨曦与黄昏
让一棵成仙的油松
以婀娜多姿的体态表达历史的芬芳

由西汉至明清,数数英雄人物
张大经武状元为国捐躯
茹太素耿介不阿上万言书
色艺双绝的赵飞燕
首创诸宫调的孔三传
铸就阳阿河上浓墨重彩的一幕

金砖铺地,富甲泽潞
三斗三升芝麻官,有官不到大阳夸
天柱塔如今依旧矗立
在大阳镇东南出口处
见证了九州绣针的光芒

这座古老长廊聚集着历史的辉煌
难怪,难怪
央视名嘴董倩
出言:我为大阳历史代言

2018 年 3 月 15 日

北风吹，把游子带回故乡

天地寒冷，北风呼啸
使劲敲打我的心窗
透过江南水乡的玻璃
洁白的雪全都飞向寂静的山梁

山腰一弯弯小路延伸
穿过云雾和溪流
邀请到的冰灵雪花
每朵落进炊烟升起的红尘里

素风一个劲儿地吹
突然，撩起山坳和田野的长衫
蹿出老黄牛
朝着刚升起的太阳奔跑
顺手解开村庄矜持的衣扣
冒出一群绵羊
认准月亮上山的方向默默游走

眼前景象是我的幻影吗
开出心花
迎着凛冽的寒风

喝上一口老家的井水
雪似梅花影
月是故乡明
所有祈盼抵达家乡高山五指岩

我没有必要抱怨
在处州湿滑的日子
更没有必要抱怨在江南的境遇
注定我的梦存高山
牵出冬天里的暖阳
荡漾诗情画意
点亮故乡老屋的一盏油灯

多情北风骑着一匹野马
赶来,哪怕隆冬瞪着冷漠的眼睛
我的双手,悄悄
推开我紧闭的柴门
谁能抑制
我的暖流咚咚流淌
此刻,我心已经回到故乡

2019 年 1 月 25 日

注:发表于《山阴》杂志,2019 年。

年关

腊八节
正逢第一场雪来的前奏
寂静的校园
是鸟儿的天下
站在屋顶上
站在树丫上
时而,腾空飞越
是开会赶场吧

鸟儿不断商量
探讨着同类腊八节怎么过
叽叽喳喳的,在发言
有的在朗读
有的在歌唱
有的在吹着口哨
更多的在思考
最后,夜幕降临
无声的宣告
我们的腊八粥用雪米熬

2018 年 1 月 26 日于稽山校园

注:发表于《竹林》鲁迅故乡十八秀竹林文化工作室 2018 年第 2 期。

童年的记忆

江南水乡期盼一场雪
正逢岁暮腊八花盛开
碗里的腊八粥
把我带回淡淡、酸酸、甜甜的童年
哦,忘记儿时的粥味
说实在那时根本没有腊八粥
只记得双亲把年关的事一件一件操办
懵懵懂懂
酸甜苦辣皆在父母的嘴上含着
兄弟姐妹一窝
薯干吃得满嘴香甜
那时惦记的就是除夕的晚上
新鞋,新袜
新衣裳,三支香迎接祖先后
吃猪头肉
一角几分压岁钱
笑靥凝结在我的脸上

2018 年 1 月 27 日

注:发表于《竹林》鲁迅故乡十八秀竹林文化工作室 2018 年第 2 期。

江南月圆夜

元宵灯火辉煌
寂静的夜,轻轻的风
一轮皓月入江中

站在枫桥上,月圆
清辉倍思亲
红尘滚滚,人海茫茫

有一位伊人蒹葭苍苍
在水一方
如月光般皎洁

相遇。相识又相知却不相眷
此生。道万声珍重
说万句祝福心亦未知安然

天若有情天亦老
月如无恨月长圆
亦是朋友,更是一生红颜
两情久相思

岂在朝朝暮暮

2018 年 3 月 2 日

注:发表于《绍兴诗刊》2018 年 3 月 2 日。

坐上幸福号列车

我们从绍兴北站出发
带着小女儿，一路向北
杭州东……南京南……
车上头部靠背广告是"华夏幸福"的

广播员甜甜的声音
在车厢内荡漾
女儿得知俞张两位老师在前面车厢
银铃般的笑声就飞了过去

第六、第七、第八、第九车厢
一见面，老师给她
一个樱桃般的奖赏

窗外的景色飞驰而退
路上绿色的麦苗
一会儿转化为圣洁的白
心田涟漪在广阔的原野上

参加英语比赛是一回事
坐上 G58 幸福号品牌列车

更是另一回事
这辈子我抓住一个幸福
幸福号列车一路向北
广播员的声音又开始播放
"北京南……北京南,到站了
请带好自己的行李"
我带上自己的幸福

向后看,向前看
坐上时代幸福列车不只是我们一家子
我再次看见
"华夏幸福"四个大字

2018 年 2 月 21 日

注.收录于《时光的记忆》,团结出版社 2019 年版,第 330 页。

廊坊的春天

二月的天,廊坊的地
还是黄黄的
北京南到廊坊
树如脱光衣服一路林立

河流长长冰封
远看像公路缓缓伸向远方
绿意没有长出
大地把绿色紧紧裹藏

二月的天,廊坊的地
"星星火炬"英语比赛现场
却是一个火红的地方
一批活泼可爱的儿童少年
来自全国各地
凭借勤奋、刻苦和努力
凭借技艺、水平和胆量
勇敢站上舞台展示英语的风采

是春天的气息
是春天的风貌

是春天的希冀
像春风一样
吹开少年儿童通往世界的梦想

2018 年 2 月 24 日

注：收录在《时光的记忆》，团结出版社 2019 年版，第 337 页。

祖国的明天
——全国少儿英语比赛偶书

全国"星星火炬"少儿英语比赛
就像一把火种
是家庭,是祖国的一种希冀
比赛一届接一届
宛如火炬接力一棒接一棒

预赛,初赛,省级乃全国
一步一个脚印打开通向世界的大门

少儿的水平和胆量
感动了国际友人
少儿的刻苦和勤奋
感动了组委会和评委
少儿的可爱和纯洁
让前辈和长辈心花怒放

星星之火照亮少儿的路
为祖国续航

2018 年 2 月 23 日

注:本诗贺第十五届"星星火炬"新时代全国少年儿童英语风采展示活动在廊坊成功举办,收录于《时光的记忆》,团结出版社 2019 年版,第 338 页。

醉倒江南

(一)

风雨送春归,飞絮立夏到
迎来江南两岸的柳姑娘
腰身纤瘦,舞动潇洒
甩细细长辫子,飘逸
宛如碧玉妆成
乌篷船,双掌
油粘帽
满载岁月秋冬的嫁妆

(二)

深情的时光
穿透稽山公园的喷泉音乐
如少年的痴情
灿烂了深邃的星空
像青春,如水乡的诗
在江南
用湖水做成一面镜子
隐藏起无数个梦
在丁香花开的夜晚

画满古今
浪漫的诗意

（三）

用鉴湖水酿成老酒
酿成女儿红
等你牵着我的手
走过小桥流水,走进江南水乡
走进香火缭绕的寺庙
祈祷我三生三世
十里绿堤的情人
用一柱檀香把虔诚合在手上
祈祷我的姑娘
没有梦醒时分
走进婚曲响起的殿堂

2018 年 5 月 19 日清晨

注:发表于《大西北诗刊》2018 年第 1 期,第 29 页。

校园小荷露尖尖

（一）

五月的天,五月的夜
镜湖荷畔
我的心从未离开校园
绵长的思念
风雨声声轻唤
波粼河面
莲茎拔节
宛如同唱自爱的一首歌
他们彼此相依
荷叶烂漫,彼此赞美
纯洁友谊
青春炽热永远相伴

（二）

五月的夜,五月的天
我的心从未离开稽山校园
绵长的挂念
读书声声呼唤
一生体面,莘莘学子

宛如同唱成长的一首歌
和成广场的灯光
图书馆的光辉
是谁？又是谁
小荷尖尖
安住在我的灵魂深处

2018 年 5 月 10 日清晨

合欢花

合欢花的名字犹如她身姿一样优美
羽状复叶,昼开夜合
入夏绿荫清幽,轻柔舒畅
她们似一串串优美的音符

当我踏歌而行的时候
朵朵粉红色绒花吐艳
自由是阳光,美丽是绿叶
她们仿佛在诗意的空间跳动着烛光

她们站在校园、广场、路边
处处扬着新鲜的氧
美丽是园中弥散的芳香
自由是校园尽头的花园

只要你找到她们中的一位
走进她的世界,生命因此春意盎然
世界处处有合欢花
总有一支柔曼的歌在心底自由回放

2018 年 5 月 22 日清晨

注:发表于《人民诗界》2018 年第 4 期,第 44 页。

第二辑　对岸的灯

对岸的灯

静静的夜晚
罩着绵绵的纱帐
对岸的灯
似有序有间隔扩展

柔和的灯光
连接苍穹的每一颗星
每一颗星如此镇定
独自发着光明
一双灵魂的眼睛
像一枚星光在搜寻

我爱的人在哪
能否唤醒一颗迷茫的心
能否驱散一团团的氤氲

那一夜一盏灯
跳出了夜色的黑暗
在寂静的夜晚
把对岸的灯——久久凝望

2018 年 10 月 15 日

注：发表于《大西北诗刊》2018 年第 1 期，第 28 页。

希望的雪

雪
从天空潇潇洒洒飘来
大地
像被漂白的纸张
不再杂乱
穿上新衣
心安躺下
每棵树都穿上上帝的圣洁
每个枝干都套着上帝的圣洁

我铺平纸,咬住希望
有人曾经说
弄清楚是面包还是石头之前
不要咬它
我是不听话的孩子
咬了
咬住一幅没有字画的纸张

2018 年 2 月 25 日于北京

注:收录于《时光的记忆》,团结出版社 2019 年版,第 339 页。

风,领我走向春天

风,从天宇出发
唤来漫天飞舞的瑞雪
风和雪
缠缠绵绵
给大地送来一份礼物

绿波麦浪涌动
绿意与我紧紧相拥
风,经过雪山
带来白云陪伴的阳光

风温柔沐浴大地
冰锁住的溪流
曼妙移动,雪儿消融
洗去我一路走来的尘埃

风潇洒经过森林
领来朦朦胧胧的细雨
风和雨,深深交融
让爱恋植成
片片绿色的田野

把世界润成
充盈温馨的笑容

风,款款而来
中国风,习式风
从容拂过雪山河流
深情拂过平原
领祖国走向
繁荣、富强、昌盛的春天

2018 年 1 月 28 日

注:1.发表于《中国风》2018 年第 2 期,第 12 页。2.收录于《诗歌荟要》,团结出版社 2018 年版,第 319 页。

有多少浪花开满诗行

沙滩，绵绵
微风旖旎的阳光
海浪，一浪接过一浪
宛如姑娘在轻轻歌唱
一朵朵浪花安全到达岸上

海边的浴场
大人拉着小孩
小伙牵着姑娘
老人打着阳伞
一朵朵浪花荡漾在脸上

海南，拉萨
北京，乌鲁木齐
北方，南方
高铁，神奇的天路
各行的浪花铺在正道上

神九，神十
蛟龙，大飞机
航母，互联网

新科技,新生活
美丽的浪花正在来的路上

2018 年 1 月 28 日

注:收录于《诗歌荟要》,团结出版社 2018 年版,第 318 页。

今夜,银花盛开

今夜寒风
开进水乡
飘飘荡荡潇洒着江南

银装——香炉山峰
素裹——古越大地
会稽山河迢迢伴着圣洁
犹如一夜的春风

千树万树梨花盛开
今夜浅寐
随梦追寻
花瓣飘飘,随风曼舞
素雅妩媚,万种风情
豁然,田野冰清玉洁

千树梨花盛开
自己变成了
万树中的一树银花
装饰着锦绣河山

2018 年 1 月 30 日

注:收录于《诗歌荟要》,团结出版社 2018 年版,第 320 页。

雪白的礼物

苍茫大地,大雪纷飞
田野,河流
森林,山峦
披上一道靓丽的圣洁

天宇酿就的舞王
晶莹剔透的雪公主
用东方智慧凝聚的豪情
彻洗大地垢结的腐朽

选配"一带一路"的丝绸
舞出新时代的篇章
苍茫宇宙,谁主沉浮

大地,世界
人类,苍生
洒进五千年炎黄的荣光
生命延续的地球
有着共同的夙愿

恰时,来了一场大雪

用"人类命运共同体"编舞
又是谁
送给世界雪白的礼物

2018 年 1 月 25 日

注：收录于《诗歌荟要》，团结出版社 2018 年版，第 321 页。

红灯笼

红灯笼是开心和谐的灯笼
总在显眼的地方
开着心花
点亮的不是自己,像一缕阳光
洒进这个世界
和那个世界
你带上中国结
从天安门城楼出发

经过丝绸之路
走到英国
牛津街,丽晶街
白金汉宫的皇家御道
走到法国
香榭丽舍大街,塞纳河两岸
高高的挂在埃菲尔铁塔上
走到非洲
最冷冰冰的钢筋水泥
也会泛着红晕

红灯笼,开心和谐的灯笼

你,淡定,从容
走出了家门⋯⋯

2018 年 2 月 15 日夜

注:发表于《作家天地文学苑》2018 年 2 月 18 日。

中华红

新年的第一天
一早开门
鞭炮礼花披红了家门
通往幸福的路上
有习总书记的祝福

那一片红
是暖暖的心里红
通往新时代的路上
有习总书记的指引
建设美丽乡村奔小康

那一片红
是浓浓的思乡红
通往世界的路上
有习总书记把握航向

那一片红
是"一带一路"丝绸红
世界片片的红

是红灯笼,点亮的红
是中国结,连接的红

2018 年初一早晨

注:发表于《作家天地文学苑》2018 年 2 月 18 日。

聆听新年好声音

年三十是最平凡的日子
清晨，天晴
徒步，阳光普照
九姑山顶汇聚了各种声音

林中各种小鸟和声
叽叽，叽叽，叽叽——
甜甜的
快乐地摇动着枝条

远处山下公鸡感激，深厚鸣叫
躲过年终的命运
老母鸡咯嗒、咯嗒，为之叫好
噼噼啪啪的鞭炮声
此起彼伏
冲天炮响彻云霄

向老天汇报一年一家的开销
聆听新时代的好声音
踏着轻快的步伐
沿着健康绿道回家除夕

2018 年 2 月 15 日

陌上晚秋红尘

独立晚秋
情思如线
在风中曼妙蹁跹

一份浓情
一片思念
爱恋植成秋韵的森林

当走进秋林深处
凉风习习
一声声支离

阡陌,红尘
怎会变得模糊
相爱至深伴一程
山盟海誓瞬息间

人间悲伤,谁能幸免
晚秋凄凄
却掩不住
深秋的厚重

人生过半,跌宕
有暮秋落叶的凄凉
看淡便不伤
消惆怅,必自强
夕阳霞光
成熟,浓浓的晚秋
再次整理
爱的行囊

2018 年 10 月 8 日

登香炉峰

我喜欢上一位姑娘
无法当面表白
我把文字和诗意的光芒
洒在高山的步道上

我为姑娘，爬山
从一支岁月的长笛中
缓缓走去
晴天，雨天，雪天
荡漾着我的爱河之水
滋润我的心田

我只为姑娘，心跳
在越秀校园里
在大禹陵的脚下
在亲水河畔……
轻轻拨动我爱意的琴弦
余音缭绕我心房

我只为姑娘，一路向东
穿过名人广场

沿着护城河的北岸
把我的情感和思绪
流进充满诗情画意的水乡

我喜欢上一位姑娘
在古越的大地上
在时光的梦境
即使在看不见的地方
也想回头瞧一瞧

今晨,我明目张胆地观看
看到老天
怎么也封不住你的姿色
宁静,大方
为大众,更是为我
笑迎四方的来客

我对姑娘的爱慕之情
绝不输给任何人
公开向世人表白
我爱上这位姑娘

相看两不厌的姑娘
春夏秋冬
大山的顶上,注视着
静静等待我的到来

2018 年 5 月 12 日上午

注:从后山野道爬香炉峰。

圣洁的夜

有一年,那一夜
爱意的圣光
化成星空中一轮明月
月光,命运
真心能有几人许

寂静的夜
并不静默
流水歌唱
来自朦胧的前方

夜色家人
闭花羞月
让我意乱情迷不能气闲神定
是我修行不够
月亮作证
爱情的圣洁
是真心换取一颗真心

满天的星星

眨眨眼睛
为彼此幸福祝愿

2017 年 8 月 19 日

冬日之爱

心的告白
如高山银装素裹的圣洁
爱之跌落
也会被满天飞雪所淹没
谁知道,爱情的孕育
有时也是空虚而无助
在寒冬里徘徊
等待,风雪过后冰雪消融
爱的温度
见证着周而复始的生命
现在天空晴朗
爱的圣光,照着你
度过漫长的冬天
雪米粒的晶莹
在黑夜,在黎明中闪烁
轻轻告诉你
我融为雪水
在你的血管——流淌

2018 年 12 月 27 日

我轻轻收起你的倩影

淡淡的月光
悄悄地洒进我的窗
时光几许
干旱地一株小草
添进过一片绿意
天空中一枚雪花
旋转出一幅图案
你是一首歌
你悄悄离开
仿佛是一缕清风
回旋丛林中
我幸福地把你的倩影
轻轻地收起
放在我的心房

2018 年 1 月 25 日

山里小花

守着山野的小花
静吐芳香
她微笑着
偶尔迎接客人的来访
她清闲,自由
欣赏蓝天白云
雨露解渴,清风牵手
聆听山涧溪水歌声

风和雨无怨
小花却不知道
身后会有狂风刺杀
暴雨会从头顶砸下
隐忍伤痛
睁大双眼
把一颗心埋进种子里

2018 年 2 月 10 日清晨

圩头村风光

龙泉查田圩头村
幢幢青瓦白墙
兴莲兴农庄,坐落于莲田中
一口方塘,一口青田
一把把小绿伞
乐坏了小红鲤
像少年少女圣洁的自由

莲茎荷叶擎天
荷农双脚扎进荷田
踏出农田四季的温暖
踩出春夏秋冬的笑颜
一拨拨赏莲人
鸟鸣和着笑声
在农家乐
喝着柔和的习酒

2018 年 5 月 1 日

灵魂的光芒

题记:4月23日下午,在浙江越秀外国语学院举办"大师对话:鲁迅与世界文豪"的活动,与意大利友人面对面交流……越秀学子与友人朗诵了《神曲》重要部分章节,唱起意大利《啊朋友再见》之歌……

但丁是现代意大利语的星星
发出一束光芒的声音
穿越了 600 余年时空
在东方越秀的上空歌唱

但丁的灵魂在《神曲》中
炼就了"地狱"
延伸了"炼狱"
造就了"天堂"
为中古时期意大利
分崩离析悲哀
为稳定统一游走

鲁迅是中华新文化运动之星
灵魂在《狂人日记》中
亦非"疯狂"
亦非"癫狂"

亦非"痴狂"
革故鼎新
"向来没有一帆风顺"
发出"救救孩子"的强音

他们的灵魂
是在冥界中的意念
触碰
在《新生》,在心灵
是正能量文化的基因

他们没有见过面
灵魂却有多重的契合
为弱者为民众
情感在如今的时空
碰撞,共鸣
回荡着民族灵魂脊梁的声响

2018 年 4 月 25 日清晨

注:1."地狱""炼狱""天堂"是意大利诗人但丁长诗《神曲》的三部曲。2."非疯狂""非癫狂""非痴狂""救救孩子"是鲁迅长孙周令飞对《狂人日记》的概括评价。3."救救孩子"是鲁迅《狂人日记》结尾的呐喊。4.《新生》是鲁迅 26 岁那年采用但丁诗作《新生》之本意所办刊物,与但丁的灵魂有多重契合。5."改革,向来没有一帆风顺"是鲁迅的名言。

跟着你走的人
——悼念江一郎

我第一次见到你
是明杰先生提供你的诗文
用心血铸成的诗句
俘获了我的思绪

你在人群的荒漠中
以你不是丰碑影子
竖起一个方向
即使倒下也如同一根旗杆

你这块玻璃,碎了
但她发出耀眼的光
余光中走了,屠岸也走了
你在立春的时候松开自己的手

我不知道该为你难过
还是为你庆幸,你一生热爱土地
喜欢有山有水,哪怕是荒着
守望山里一小片土地
喜欢去溪边坐坐吧

流水叮咚,多少美好的事
就这样被溪流带走
你也被带走

要是在九泉之下你有点伤感
我在人间陪着一起悲伤
世上人人都有戴罪之身
你走了
我在诗行里
攀着你的灵魂

2018 年 1 月 5 日清晨

年味的记忆

安昌古镇
刻着江南水乡的印记
热闹繁忙
散发着老绍兴的浓郁

粮仓老,手工纯
腊肠一排排
腊鸡一排排
腊鱼一排排
若神仙般调配着浓淡

剪窗纸,扯白糖
捻捻塑人
年趣绵绵
夹杂着臭豆腐的香远

酱缸一大片
醋缸一大片
酒坛一大片
是酱味和老酒的飘香

一个古老年的召唤
游子归来
吆喝着人间的烟火
乌篷船
仿佛是时光的穿梭
载着希望
留住了一代历史的辉煌

2018 年 2 月 3 日

注:发表在《绍兴诗刊》2018 年 2 月。

春天的样子

春来一路放歌
溪流敲开春天的大门
小花站立迎接
鸟儿轻踏枝头问候
夜雨滋润百草
阳光养肥千树
风为各路花神盛开
森林的舞蹈
用绿波绣出大地的恩爱
春走一路得意
大呼小叫
为盛夏披上绿装
为秋天留下情种
为冬天的收藏
准备好嫁妆
裁剪四季圣洁的婚纱
头饰用云彩装点
扮成又一个春回的新娘

2018 年 4 月 19 日

注：发表于《华南诗刊》2018 年第 3 期，第 15 页。

腊八粥味

江南期盼一场雪
正逢岁暮腊八节
腊八粥的香甜把我带回家

童年的记忆淡淡的
有点甜,有点酸
大山的故乡
那时的粥味,已忘
因为没有腊八粥
只记得双亲
把年事一件一件来操办
懵懵懂懂的我
尝到的是父母的苦与酸

兄弟姐妹多的年代
薯片干,炒米糖
吃得满嘴香香
时时浮现
是年三十晚上
新鞋、新袜、新衣裳
几分或几毛的压岁钱

一个个笑靥
凝结在我的小脑上

2018 年 2 月 1 日

一枝蜡梅

冬天

细窄一条小巷

喘着一口气

一枝蜡梅

半边残墙

诉说岁月的忧伤

如小桥流水

有数不清的细流

叶落飘零

枝条上却站满了黄色的花蕾

守口如瓶

收藏着春天

收藏着夏天

收藏着秋天

2018 年 1 月 20 日

古越老城

江南再忆江南
一个台门
一株古树
水墨丹青点在半截残墙

皆墙黛瓦
绿树成荫
一条深巷
渗透着老酒的味香

石刻一生
寺塔一世
守着府第殿宇
乌篷船
喜欢小桥流水
深知光阴的久远

绍兴江南水乡
源于文笔塔
源于永和塔

源于会稽山
最后老城硬化成一块青石板

2018 年 1 月 20 日

一片枫叶夹在一本诗集上

朦胧的月色
寂静的夜
一丝月光
静悄悄溜进我的心窗

我不敢遗忘一位姑娘
她像　枚雪花
冰清玉洁
她像一缕阳光
温暖
你干渴的时候
她如旱地一株小草

不知何时
姑娘的倩影
飘落在我的心房
一片枫叶
夹在一本诗集上

2018 年 1 月 25 日

神奇的天路

在繁华和荒漠中选择
一条神奇的天路
沿途风光
震撼！为世界震撼！

一路上万般旖旎
草原、河流
森林、高山
沙漠、戈壁，湖泊、冰川
——柔美无限的风光

一路上梦幻千变
草原青、湖泊蓝、林海绿
胡杨金、戈壁灰、沙漠黄
冰川白，彩染夕阳红
——朝霞晚霞更换着色彩

一路上邂逅的夜色
都市霓虹——闪烁，飞耀的闪烁
村庄灯火——阑珊，还在阑珊处
大漠星空——灿烂，璀璨的明珠

一路上罕见的风景在东方
不在日本
不在欧洲
不在老美
你将贯穿大半中国
你将遇见无穷的风情
北京,北京
一路向西
新疆,乌鲁木齐
自豪!
世界为之自豪的神奇天路

2017 年 12 月 20 日

神奇的鹰

一条黑色的巨龙
穿越繁华,穿过荒芜
像神奇的鹰
爬行也都超过鹰的速度

神奇的鹰,神奇的天路
世界罕见
这样的工程,这样的奇迹
智勇的建设者,宛如千万只鹰
在戈壁滩上风餐露宿

神奇的鹰,神奇的建设
穿越最长的沙漠
西北最苍凉的戈壁与荒芜
是无人区与冻土
横跨河北、山西、内蒙古、新疆与甘肃
横跨呼和浩特、包头、巴彦淖尔和阿拉善
横跨马鬃山、哈密、乌鲁木齐和吐鲁番
经典美景
是神奇中的杰作
提前贯通圆百年之梦

是孙先生《建国方略》的宏愿
缩短 1300 多公里的通疆大道
奇迹！离不开三万多修路人
宛如神奇的鹰
护着神奇的路
克难攻坚，风雨无阻
战沙尘暴，戈壁抗洪
钢铁意志，坚持不懈
晨光下，晚风中
彰显着如波浪般的纹理
倒映着驼队斜长的身影
"大漠孤烟直，长河落日圆"
戈壁，日落
腾格里的沙漠，乌兰布的晚霞
驼队，驼铃，吟唱着亢奋的歌
清泉，绿洲
现实的海市蜃楼
是沙漠缥缈的仙境
啊！自豪啊
为建设者自豪
神奇天路
神奇的鹰

2017 年 12 月 23 日

传奇的中国人

量子隐形传态

量子纠缠技术

深奥的物理学

难懂的概念

可知当今世界

使用量子技术已常见

预言,我的预言

穿越时空正在实现

一位传奇的人

走入一扇"任意门"

在量子世界里

这不是幻想,这不是科幻

一位世界级的巨星

在东方的上空出现

"墨子号"潘建伟

量子领域从落后到先进

对欧洲,对美国

弯道超车,实现完美

他是爱因斯坦研究的继承者

《自然》杂志称他为量子之父

当之无愧
他是最有可能穿越时空的人
或将穿越时空
穿越世界
穿越时空
他是穿越时空的第一人
自豪啊
——传奇的中国人

2017 年 12 月 28 日

爱河永恒

当你的手牵着我的手
一条爱河就开始流淌
春,夏,秋,冬
沐浴着雨露和阳光

爱,像春天一样浪漫
变嫩、变绿
花在含笑
如盛夏一样炽热
持续、高涨、澎湃

爱,有深秋的变脸
少雨水,缺甘露
也有寒冬之来临
冰冻三尺
锁住河道

谁知道?
上天,还有设计
雷鸣闪电来开闸
那是开天辟地的拥抱

冰雪消融
又是一个阳光明媚
一条爱之长河
特曲,特弯
向前延伸……
直至,永恒的天堂

2017 年 8 月 1 日

带回一屋子的美丽春天

我喜欢傍晚爬山
也喜欢清晨爬山
看看寂静高空的月亮
看看山峦东方升起的太阳
带上我心爱的人
一起在四周空旷的山顶
由近及远
由外及内
犹如春天般地舒展着自由

我回家
靠着心爱我的人
慢慢合上眼睛
是一屋子美丽春天

2017 年 8 月 6 日

我是一泓清澈的泉水

我多么希望
我是一泓清澈的泉水
经过大山的孕育
涓涓流淌
欢快地奔向小溪、奔向大海
但,我知道
我必须以大山为依靠
需要深埋山下矿砂的洗涤

我多么希望
我是一条快乐的小鱼
有许多鱼儿做伴
生活在小溪里、生活在湖泊中
游来游去、无拘无束
但,我知道
我一刻也离不开水
它是我生命的全部

我多么希望
我是蓝天下的一朵白云
那么轻盈、那么洁白

自由自在飘浮在空中
有人拍照、有人观赏
但,我知道
我必须以蓝天为依托
需要阳光的照耀、微风的吹拂

我多么希望
我是一片广袤的森林
经过风雨吹打、霜雪冰冻
经过雷电考验、野火焚烧
仍然郁郁葱葱、生机勃勃
但,我知道
我必须与大地血肉相连、根扎其中
需要大地的营养与供给

我多么希望
我是苍穹中的一只雄鹰
在蓝天下自由翱翔
时而盘旋,时而俯冲
俯瞰大地、平原、高山
但,我知道
我必须与苍天为伍
需要辽阔的天空任我飞翔

我多么希望
我是一个有地位、有作为的人
精神富有、物质有余
永远、永远幸福快乐着
但,我知道

严格必须坚持
原则必须坚守
为了更广阔的天地和更长久的自由

2017 年 8 月 26 日

寂静的夜晚

寂静的夜晚
想起了你
相遇,在茫茫的人海中
来不及送你鲜花
就已经匆匆别离

过往云烟
你来过又离开
离开又重来
千载难逢的相遇
却是一次次的错过

今夜,星辰寥落
楼道的拐角
缓慢行进的车厢
在雨雾中
却都有你的气息
想起你
寂静的夜晚,梦化着
万年的风云千樯

刻着一个完整的故事
在漫长人生的路上——做伴

2017 年 8 月 15 日

我喜欢她的样子

我喜欢她漫步的样子
淡定中有向往
沿绵长的海岸线上
沙滩上有她一串脚印
海风吹
白浪翻卷
掠起她飘逸的长发
在海边
她身披彩云的轻灵

我喜欢她跳舞的样子
在嫩绿辽阔的草原上
春风拂面
一路歌唱
远处的风车在转
仿佛看到童话故事一般
在蓝天下
她迎风曼舞的飘逸

我喜欢她安静的样子
温柔中有强大

月光下
仿佛绽放无数的雪花
散发梅的清香

2017 年 8 月 23 日

自然的胸怀

我是大海，又是瓢
容百川和千壑
接纳地球洗刷伤心的泪水
输送地球万物欢快的血液

我是蓝天，又是网
容雷公和闪电
接收密布天空发怒的乌云
过滤浓郁大地喜爱的空气

我是宇宙，又是球
容白天和黑夜
全收太阳不断爆发的黑子
延长月亮连续射出的银光

我是小瓢，盛出大海
我是一条长线，连接蓝天
我是无形的球，膨大成宇宙
不只是有容乃大
但我愿容之，更愿付出

2017 年 8 月 8 日

孔雀的凄美

就在稽山校园
美丽鬼厉
就在眼前
远方来了几对孔雀
爱情可及却没了自由
带着梦的残墟
下蛋调情
频频开屏
献给校园一首诗
一棵香樟树忧伤了
与孔雀不离不弃
却是谁
雕刻时光深邃
淹没了孔雀的泪
牢笼的泪水飞流直下
击不穿孤独
梦想
东南飞,东南飞
无法逾越
春夏秋冬的凄凉

2018 年 5 月 17 日

注:发表于《人民诗界》2018 年第 4 期,第 44 页。

踏古道

　　题记：2017年3月4日抽个空，避开人群，远离尘霾，和越秀户外运动协会七八十人一起，开启一场古道的旖旎之旅。秀美的平水水库，郁郁葱葱的竹林，枝条盘绕的老树，斑驳的青石，杂草密林的泥路，山涧溪流，嶙峋怪石，刻满沧桑的古村落就在我的脚下……

　　稽山外，
　　雪窦岭，
　　古道两旁皆荫荫；
　　止步坑，
　　山涧流，
　　平水一潭满清清。

　　城市闹，
　　踏古道；
　　苍穹青，
　　怪石嶙峋；
　　藤蔓盘绕，
　　空气绵绵醉人心。

"五一"种植的诗行

嗨——哟！嗨——哟！
时光抬出了五月的山
山是绿色的
黝黑的双手
抚摸过辽阔的田野
绿叶疯长

嗨——哟！嗨——哟！
时光盛出了五月的海
海是湛蓝的
千万条江河欢笑奔腾
江湖的情感
是用血汗写成的
勤劳者的脚
比远方的路还长

嗨——哟！嗨——哟！
时光牵出了五月的风和雨
风雨是滋润的
拓荒破土
万物生长

从此,有了自己的家园
告慰了先辈
风雨的情调
是对劳动者的赞赏

嗨——哟！嗨——哟！
时光描绘了五月的天
天是蔚蓝的
闪烁着工人的智慧
沃土是咀嚼不尽的生命
劳动破解了
所有活着的疑问
用五月最美好的时光
种植希冀
也在默默地种植诗行

2018 年 5 月 2 日

小满的微笑

初夏,未成熟作物
在希望中等待
花看半开
一千只一万只蜜蜂的翅膀
踩过花蕊上的露珠
饮而微醉
果实自此有了樱桃小嘴
瞧！老牛的行动
肩膀铸成弯弯的月亮
爬山隐去
东边云彩裂开一条小缝
填上老农早晚的心愿
黄瓜桑葚成熟在期待中
犹如我们
等待在黎明中出发
麦穗渐黄的五月天
小满微笑了
仿佛我会活上两百年

女嫁郎,麦梢黄
夏熟的作物慢慢开始灌浆……

2018 年 5 月 21 日迎来小满节气

法的力量

有一种光芒
闪烁在人人的胸前
在无硝烟的战场上诞生
有一种种子
一片片播撒
公正在期待中发芽
天河上空
月色清纯
星月总是把黑云踩在脚下
当下的目标是清明
消除老虎
也消灭苍蝇
智慧依旧若即若离
暗斗仍在继续
新长出的希望在霜雪中挣扎
犹如雄鹰
等着在黎明中出发
法典上方没有黑暗
曙光掠过枝头
像一把快刀
——将臭虫削下

2018 年 5 月 22 日
注:收录于首届北戴河"普法之光"宪法与法治文学大赛作品集《红钥匙》,
第 120 页。

藤蔓

有一种倔强
从出生
至断颅
你是我今生的唯一

大树
我依偎着你
把头埋入你的发髻
聆听你的话语
心贴着你的心
你是我今世的唯一

大树
你带我成长
与你在风雨中行走
承接雷击
承受暴晒
不离不弃

我的子孙后代
也爱上你的子孙后代

我是一条长长的藤蔓
一念执着

2018 年 4 月 14 日

元宵花灯

我喜欢元宵的花灯
点亮不是自己
我喜欢花灯发出的光
静静的,圣洁
元宵的晚上
人山人海,寻找你
希望遇上
你像元宵的灯一样
静静的有着独自的光芒
许多人赞誉欣赏
却谁也带不走你的靓丽
你的心更像元宵的灯一样
欣赏的人走了
你还是静静的
不怕孤独地留在原地
火树银花夜无眠
月圆过后
我的心却留在元宵的晚上
满怀依依
你点亮的是别人的欢喜

2018 年 2 月 28 日

注:发表于《绍兴诗刊》2018 年 3 月 2 日。

第三辑　冬天是一首畅想曲

冬天，一首畅想曲

比深秋更深的是什么
冬天的荒芜
红枫就从冬天开始
唱一首情歌，火红的太阳

孔雀东南飞携我的思想
红枫火的热情
飞过十里荷塘
小桥流水和绿绿的江南
我大声喊，我爱你

你是冬天的一把火
隆冬的暖阳
把北方故乡的雪融化
把落叶的梦
播种在庄稼地里
等过冬天，等待春天发芽

把荒芜世界
变成一片蓝天
彩霞镶嵌在云端

自由的心,自由飞翔

此刻的心情
将我带至九霄云外
像鹰一样
迎着太阳喜欢草原
和一曲高山流水走向辽远

注:发表于《北国风光诗刊》2018 年第 12 期。

安静，雪已进入梦乡

雪，纷纷扬扬
喜欢夜晚
喜欢我在北方的天空
安静的样子

天地间一世尘缘
阡陌故事
却住进江南水乡
比如莲
或是雪里透红的梅

此时此刻，你
仅能感应鼻对鼻温馨的呼吸
枕着你的名字
抱着念想的微信

悄悄的，老天铺好了
柔软的鹅毛大被
一位少女依偎着
在深夜
连着没有醒来的清晨

2018 年 1 月 26 日

我是一座大山

大山，沉稳庄严
在山顶眺望
注视着灿烂的白天
照看每一个村庄
太阳上山
是开天神明的下凡
化去人间一半的忧伤

大山，高大伟岸
在山脚眷顾
坚守着迷人的夜晚
守护着每一位姑娘
月亮升空
是仙女天使的降临
化去人间另一半的忧伤

我是一座大山
张开双臂
一手揽太阳
一手揽月亮
但愿人间不留一点悲伤

2017 年 8 月 3 日

有更高的山峰等你征服

经过陡峭的山坡，
必有平坦的道路。
爬上一座高山，
还有更高的山峰，
等你征服。

遇见驿站，
也要休息加油。
放慢脚步，
为了走更远的路。
只要心中有梦，
永不停步，
无论什么高山，
你，都能征服！

2017 年 7 月 3 日

淡淡的思念是幸福的

寂静,独处
怀着一颗初恋的心
思念着对方
淡淡的思念是幸福的
清澈,透明
如一泓涓涓的溪水流淌
滋养绿茵,漫过卵石
直流,自由自在
心情像溪水一样轻盈
纯洁,宁静
如一片轻轻的白云飘游
笑对青山,跨过山峦
悠闲,从容淡定
心情像白云一样轻快
一程山水
一波烟云
淡淡地思念着
眼角锁住,往日的泪水
心海泛起未来的涟漪

2018 年 2 月 8 日

冬天的记忆

冬季让人刻骨铭心
过去的几场雪
一直醒着

人为的雪最难忘记
父亲当过生产队长
池塘种藕又养鱼
田间地头开荒
房门被封,仅有的家具被搬
全家睡在小厨房

第二场是自然的雪
求学的路上
故乡,是狭长的山川
弯弯的小路两头伸长
雪花,漫天飞舞
一串串脚印留在身后
小扁担啊
挂着几本书、霉干菜和番薯
挑呀挑,挑到了县城
挑到了远方

空中飘来的雪
烧窑七天七夜
人成鬼模样
那年家父雪上加霜
断三根肋骨

人生都会遇到几场雪
有寒风也有梦
冰雪总会消融

2018 年 1 月 15 日

念奴娇·毛泽东

——纪念毛泽东 124 周年诞辰

东方屹立
曾未有扬眉吐气
号召人民站起
掀翻三座大山
谁人比
谁人比
靠自立,凭自强
俱往矣
伟人横空出世
走,上井冈
燃起熊熊的烈火
手一挥
搅,旧世界彻寒
通途火光
越过昆仑山
遗欧,赠美
千秋功绩
唯有子孙评与说
莽光辉,照人间
自此——东方亮起

2017 年 12 月 26 日

魂飞故里

——悼念余光中先生

一生驮乡愁
从江南到四川
从大陆到台湾
一张小小邮票
带着母亲念想
载着先生的灵魂
在海峡两岸的上空
——飘荡,飘荡

一生漂泊在外头
求学于美国
任教于香港
落脚于高雄
一艘窄窄的轮船
带着母亲的念想
载着先生的灵魂
——续航,续航

一生啊,漫长
吃《白玉苦瓜》的苦

《记忆像铁轨一样长》
飘洒在《分水岭上》
一生啊,艰难
受《听听那冷雨》的凉
背负着《乡愁》
铭刻在《乡愁四韵》上

祖国,我的母亲大人
先生,一生把你放在心房
先生,最终没有看见夙愿
灵魂,已回归故里的路上
归来兮,我的偶像
归来兮,我的先生
归来兮,我的诗圣

2017 年 12 月 14 日凌晨

灵魂在文坛上空闪亮
——悼念屠岸先生

先生，一生
辗转迁徙
漂泊，《漂流记》
少年依兮
八十年啊，笔耕不止

先生，先生
一生著述
《生正逢时》
二次自白
《深秋有如初春》
三种评论
《倾听人类灵魂的声音》
诗爱者，东西方有此人

先生，先生
虚怀若谷
只认三头衔
先生倾心
一生追求

有限的自由,规范严谨

先生,先生
视翻译如命
从细处入手
"凋枯""丧失""踟蹰"
"凋败""失去""徘徊"
《霜降文存》,处处出精品

先生,先生
执着精神
为翻译莎翁十四行诗
琢磨,寻觅,一生
在严谨中,游刃
在自由中,看迷
先生是追求的一生

一路走好! 先生
在苍穹
一颗文坛巨星
瞬间,划过天空
先生的光辉
先生的灵魂
永远在文坛上空闪亮

2017 年 12 月 17 日凌晨

冬至节的怀念

雪花,洁白
素裹——近处的灌木
银装——远方的山峰
山峦,森林
山坡上
有安静守望的先祖

霜花,晶莹
全是孩儿时期的梦
哦！梦——不是梦
清晰的远方
独轮车前行
印着车痕和长辈的足迹
一条狭窄弯曲的山路

寒风,刺骨
打开,记忆的天门
冬至前后的农村
萧条,寂静在山坳

山林,荒野

溪水流淌
袅袅升起孤独的炊烟
思绪,牵心
几片豆腐
四杯小酒,烧些纸钱
插上香烛,鞠躬遥祭
一段洁白的香垫
那是,来自山坡上
盖着雪菜地的萝卜

一年一度
因有祖先的看望
那一座山
那一片天
哦!某一日
我也会开心去守望一座山

2017 年 12 月 19 日

响起,2018 第一支舞曲

清晨,在金色的阳光中
——走来
响起,2018 第一支舞曲
——梦存高山走到自己想去的地方
新年,烦恼与忧愁
——将过去的抛于脑后
迎来,美好的元旦
——2018 新的一年
思绪,迎着朝阳
——吟唱着理想
灵魂,带着初心
——走进一个王国的伊甸园
诗韵,唐诗宋词
——在心腑轻吟起舞
缘起,面对诗歌
——把一生过成两世
缘落,2018 第一支舞曲
——梦存高山走到自己想去的地方
人生,沧海桑田
——纵是,也要跳舞,扬鞭

2018 年 1 月 1 日

我是一个符号而已

我是一个逗号
在世界上
多我一个不多
少我一个不少
倘若站错地方
人生就不一样

我是一个分号
在生活里
失意时,停一停
得意时,想一想
借助一次停顿
续航

我是一个句号
在宇宙中
太阳也是一个点
来到世上
无非画一个圈
经历该有的命数时光
自然退场

2017 年 12 月 20 日

为冰清玉洁的姑娘下一场雪

时间悄悄,走到了深冬
我期待
一场圣洁的雪,到来

封冻,往日的创伤
酝酿,更纯更持久的清香

憧憬一段美好氤氲的时光
用雪的柔情
美丽峡谷、山涧的冰挂

梦的雪地里
有一位姑娘款款走去的倩影

也许,你站上山巅
和我的心境一样
思念着对方
也许,你永远不会与我靠近

在风满西楼的夜晚
决定为你下一场心醉的雪

让白雪,为田野装扮
捂住,小路渐渐远去的道口

让白雪,挂在树梢上
遥指,远方白皑皑的高山

让白雪,布满大地
从此,天地间,高山上
多了一位冰清玉洁的姑娘

2018 年 1 月 6 日

一种植物与一个地方

一种植物叫秋葵
绿色外衣
黏性浓液含珠链
绍兴人历来喜欢
补钙又补肾
健胃也护肝
是女人养颜的美容膏
是男人内养的健身宝

一个地方叫绍兴
春夏秋冬分明
古越蠡城
大禹守望
江南水乡十里荷塘
人杰智慧
地灵弄潮
后代敬仰内外兼修的人

2017 年 9 月 17 日

诗韵绍兴,柔美江南

江南的水乡
鉴湖、迪荡湖、青甸湖
东湖、瓜渚湖、狭獉湖……
星罗棋布

江南的水乡
街巷、楼阁、石桥、流水
柳树、梧桐、银杏、栾树……
交相辉映

江南的水乡
内城河、护城河、树儿倒影
乌篷船、游船、彩灯……
碧波荡漾

古城绍兴,名人的江南
鲁迅、秋瑾、周恩来
陆游、徐渭、蔡元培
知章、羲之、马寅初……
钟灵毓秀

诗韵绍兴,柔美的江南
春夏秋冬
东南西北中
流淌着,水乡惬意的时光
展览着,水乡耀眼的风景

2017 年 12 月 30 日清晨

过去,再见

我来到江南水乡之前
在他乡,走过长长的路
回想过去的日子
有过秋天般的悲伤
冬天似的孤独
也有过春天一样的辉煌

翻阅过去的
照片,奖状,证书
熟悉山城每一条的街上
已经没有我的画面

在水乡江南
某一条街上
某个会场,某个宾馆
你会不会突然地出现
我会带着笑靥
与你牵手寒暄

我多么想啊,和
老朋友,老同学,老情人

见一面
看看你过去的模样
和你最近的改变

多么想和你坐下来
喝一杯茶
温一壶酒
老朋友,老同学,老情人
祝一路顺风
道一声保重身体
过去,再见

2017 年 12 月 29 日

风,吹不乱方向

风,掀起海浪
一拍接着一拍
击打着海岸
海岸,默默无语

风,推动海浪
　浪覆盖着一浪
捕鱼的小船
在浪尖重复作业

风,夹带海盐
日夜侵袭灯塔与基座
塔灯
发出自己的光芒

2017 年 12 月 29 日

寻回自己

跨过,一程山水
穿过,一波烟云
辉煌,灰暗
灰暗,辉煌
一个回望峰回路转
一个顿足柳暗花明

那花那月,悲悲戚戚
那人那事,隐隐约约
那悲那喜,酸酸甜甜
陈年旧事,泪眼模糊
凄凄惨惨的呼喊
是答不了朦胧的背影

唯有拾起燃烧的火焰
唯有撩起熠熠的辉光
再一次,再一次站立
和诗和歌

2018 年 1 月 5 日

一条小丑鱼

我是一条小丑鱼
在水中
那是我的天堂
不羡慕雄鹰飞到蓝天上

我是一只小蚂蚁
在旅途中
那是我的常态
不能因为暴风雨的来临
就停止我的迁徙

我是一只小羔羊
在生物链中
总受欺凌
不能因为有狼的存在
减少我对青草的热爱

我是一条小丑鱼
生性喜欢游来游去
我的爱好是旅游
更喜欢探险

2017 年 8 月 3 日

掬一捧荷香

在江南梦里水乡
轻轻地划动一条小船
半个月亮
在水中央荡漾
玉兰花凋零
桃花谢了
轻盈的日本樱花飞走
荷花绽放
碧叶疯长婆娑
我掬一捧荷香
怀揣,在桌前漫卷诗书
夜如此的宁静
沐浴月光
十里锦香一点点
布满我的夜空

2019 年 7 月 5 日

小雪来了，东风来了

小雪来了，真的来了
苍穹的气流
在酿造西风
天水寒冷
大地告别了过去
寒风一个劲儿地吹

我，不怕西风
站在一道山岗上
被寒风扫描，杀毒
思绪翻越一座座山岚

我的江南水乡
小桥流水
什么时候开始下雪
白雪，会有多厚
又何时解冻

东风怎样压倒西风
我的祖国
疆域辽阔

情思,飞到大北方
白雪皑皑的云端
处处飘浮着白云
湛蓝的背景,洒着阳光

我的思绪,飞扬
苍穹的蓝天
已酿造十九大的东风
大地,山峦,你和我
一次次地被扫描
一次次地接受刷新
心中暖暖
荡漾起春天的涟漪

2017 年 11 月 22 日

注:发表在《中国风》2018 年第 3 期,第 22 页。

走山崖

山里的小花
无须浇灌
带上四季凝结的芬芳
走上山崖

笑迎风雨
默默坚守着大山

靓丽的风景
总是逃不过人类的眼睛

小花想逃过
人类的法眼

2018 年 2 月 10 日

注：感慨于过度开发旅游景点。

千年相约,你是我的小情人

也许,是前世的约定
也许,是今生的结缘
——我的小情人

今生,自从有了你
一路甜蜜
一路笑语欢歌
你是我荒芜废墟上
突然冒出的一棵小草
你改变了我的命运
赋予我诗意般的生活
我在前半生最低落的时候
你来到我的身边
那时,魔鬼给我关上一扇门
我不知所措
我无路可走
我在黑暗中摸索哭泣
偶遇,上帝智慧勇敢的眷顾
把你送到我的黑暗的夜里
为我打开一扇巨门
一条道路弯弯曲曲向外延伸

自此，今生有了你
四季阳光雨露
偶尔，有风霜雨雪
偶尔，有大浪暗礁
即使漫天飞雪、冰封三寸
怎能挡得住我的去路

你，活泼伶俐，聪明机智
你，哭泣撒娇，舞动卖萌
你，不是无可挑剔
不是我不骂
不是我不打
因为，你是我今世的情人
你，有一种任性，有一种坚定
你，还有 种较劲
你，不是无可挑剔
不是我不骂
不是我不打
因为，你是我前世的情种
我会寻找最有诗意的汗水
开启你人生的起点
我会寻找最洁白、最晶莹的花朵
装点你纤纤身材的姿容
因为，我不想让一点儿的灰尘
蒙污你纯净透明的双眼

你脚步轻盈，神采飞扬
你我千年牵手的相约
一个小小的暗示

都会挑起我的诗意直上云天
让我今后的路奔放豪情
那是你给我后半生的丰盈

也许,是千年前的约定
也许,是千年后的结缘
——我的小情人
和你,用诗
我要把一生过成葱郁的两世

2017 年 12 月 12 日于绍兴

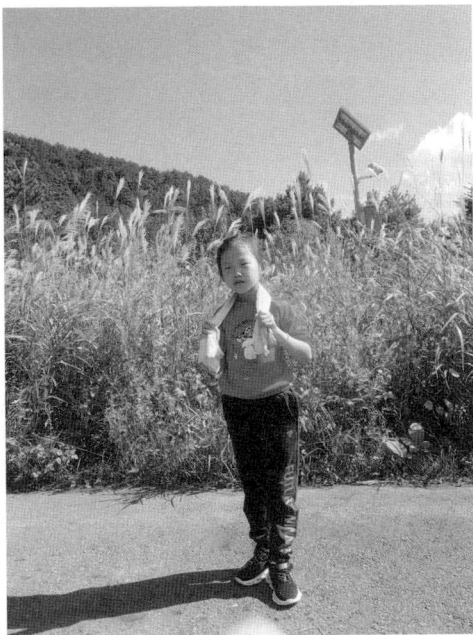

樱花叶子满地金黄

樱花叶子撒满一地
哦！已是深秋
阳光,树枝缝隙
编织出地面金色的浪漫

樱花啊,樱花啊
《樱花》民歌响起
阳春三月晴空下
一望无际是樱花

樱花啊,樱花啊
《樱花》民歌飘扬
如霞似云花烂漫
芳香飘荡美如画

快来呀,快来呀
青春少女
暮春岁月万里晴
一同去赏花……

快来呀,快来呀

青春少男
蓝天白云微风拂
一同去赏花……

秋风陪送落叶
像少男少女的情怀
校园里有梦
未来世界满地金黄

2017 年 11 月 3 日于稽山

朦胧的联想

初冬的江南细雨
初冬的镜湖校园
一种朦胧的美
一种朦胧的神秘
让人格外喜欢
却让我有更多的联想
一种朦胧的欲望
一种朦胧的贪念
朦胧的欲望是老虎
可以把自身吞下
葬身于火海
朦胧的念贪是豺狼
可以把人性卷走
祸害于人间
人间不需要老虎
更不需要豺狼
朦胧的镜湖
我喜欢称之为镜之湖
以清澈的湖面为镜
让自己的灵魂醒来
也可以照现人间的妖魔

人间需要的是美
不需要的是霾
更需要新鲜的空气
和透透的阳光
朦胧圣洁的面纱,我喜欢
让你从天上垂下来吧
把地球上的肮脏盖住
我自然喜欢
镜之湖的校园
把人类的心灵净化

2017 年 11 月 29 日于镜湖

时光悄悄地离去

你，不紧不慢
你，不慌不忙
我想见着你
想把你留住

我真心喜欢你
你却悄悄地离去
永远合不上你的步调
永远跟不上你的步伐

我缠缠绵绵拥抱你
你却为我做下了记号
黑眼圈
是你为我留下的痕迹
白头发
是你为我染上的印记

我爱你很深
你却把我远远摔下
你永远年轻，我已变老
你得到永恒，我却不能重生

你,从哪里来?
你,到哪里去?
我想知道
你从哪里来,你到哪里去
我爱你
一万年不长,只争朝夕

2017 年 12 月 11 日

注:发表于《大东北诗刊》2018 年第 1 期,第 106 页。

月亮追着太阳转

(一)

浩瀚的天宇,苍苍茫茫
一个太阳,一个月亮
渴望,饥饿的渴望
——天空蔚蓝,星光灿烂

整日的梦想,隔着银河
一个守望着另一个守望
说不出的爱,说不出的忧伤
绵绵柔柔的繁星,是你们俩的孩子
——等待你们给予光明

(二)

无边的地球,茫茫苍苍
一座座高山,一条条河流
渴望,饥饿的渴望
——四季常青,吐露芬芳

整日的梦想,隔着田野
一个守望着另一个守望

那是河山的情,不给大地留有创伤
郁郁葱葱的森林,是你们俩的孩子
——永远与你们相伴

(三)

深邃的人间,氤氤氲氲
一个个帅男,一个个靓女
渴望,饥饿的渴望
——终身如歌,一路欢畅

整日的梦想,隔着大海
一个守望着另一个守望
那是人间的爱,人间自有真情在
高尚的灵魂,是你们俩的孩子
——永驻你们心房

2017 年 12 月 11 日

注:发表于《大东北诗刊》2018 年第 1 期,第 107 页。

在冬天唱春天的歌

寒风潇潇,裸露枝条发抖
雪花一夜间
布满了山头、田野、河岸
冬天的隆冬
都是用冰霜透明般的哈达
迎接立春

小草吱吱冒头
柳树、乌桕、灌木使劲睁开小眼睛
江南水乡
流水把冬天渐渐送走

暖风接受鸟儿的提议
改变态度转变想法
沿山坡悠扬地跑
不管黑夜有多深
大山后面都有一轮暖阳在升起

冬天啊! 隆冬
岁月莞尔,春歌不休
小鸟飞翔吧

朝着前方的路
鲜花伸长脖子在歌唱

2019 年 11 月 12 日

注:发表于《大东北诗刊》2018 年第 1 期,第 106 页。

面对诗,把一生过成两世

听风,听雨
云卷云舒,雾已散
看山,看水
绿渐浓,流水向东
大地的种子
真情浇灌
有了阳光和雨露
美丽的花朵都会绽放

和风,和雨
默默面对
只要拿起笔
你的画意和意境
心中藏有一种诗意和鸣
你是我灵魂的寄托

和山,和水
默默面对
只要想起你
就会激起我一路欢语
你是我灵魂的归宿

和大地,和种子
默默面对
我可以从容淡定
一边聆听流水
一边追赶光阴
把一生过成两世
让空山下起新雨
让旷野再起绿意

我双目含情
灵魂不再接受空悲
即使面对隆冬
风雪交加,大地封冻
看到的是春暖将会来临
我记住你
不管前路崎岖
今生都会越走越坚定
面对诗
把一生过成两世

2017 年 12 月 10 日

世界因微笑而美丽

我开心,你快乐
我宽容,你潇洒
我单纯,你迷人
有不加修饰的笑容
就会忘记身份和年龄

不记仇,不记恨
遇仇人,笑泯恩
遇可恨,送微笑
工作生活因笑有亮点而灿烂

曾经的陌生
会在笑的世界中靠近
曾经的伤痛
会在笑的世界中离去

在羞辱中
先学会宽容和温柔
在疼痛中
先取悦自己后悦人

宽恕别人的过失
便是自己的荣耀
治愈伤痛的人
便是自己的微笑

像娃娃一样微笑最纯真
纯真的微笑没假意
像娃娃一样微笑最自然
自然的微笑最幸福

2017 年 12 月 9 日

静默中新生

苍穹银河日日翻转，
高山绿谷天天依然。
不是在沉静中枯萎，
而是在静默中新生。

十月静养一朝分娩，
黑夜积蓄一朝入阳。
宇宙在静默中爆发，
力量在静默中生成。

2017 年 12 月 9 日

老牛的回忆与希望

我是一只老牛，
即将完成历史使命的老牛。
一生，无怨，也无悔。

曾经有过神采飞扬的日子，
驮着牧童，
迎着朝阳，带上信心，走向自己的岗位；
载着晚霞，伴着笛声，把喜悦带回了家。

也曾经有过光荣与激情的岁月，
犁过万亩良田，
泥土翻飞，秧苗成长，
让稻花香四溢，让谷子结实金黄。

曾经有过梦想与豪情，
有幸与马同行，
吃同样的草，干不同的活，
梦想与马一样，日行千里，志在四方。

曾经有过饥饿、生病的时候，
驮着疲惫的身躯，

与饥饿斗争,与病魔战斗,
在老农的照料下,把那一页一页翻过。

当下,我希望不要抛弃我。
我知道,
皮可以做成坚韧的鼓,
骨和肉是有机的……

2017 年 7 月 28 日

你痴情，却不等我

你痴情，却不等我
不知你来自何处
不知你终点在哪
无法为你揭下神秘的面纱

你从容淡定
保持一个节奏
春夏秋冬，不紧不慢
天寒地冻，按部就班

你公平无私
保持一种态度
白天，任我驰骋
黑夜，不管我何用

你寂静安宁
保持一种状态
我孤独，你让我思考
我兴奋，你让我创作

你有始有终

保持一种姿态
过往为我
沉淀喜乐,过滤苦悲
将来你也是
一如既往,从不后退

你那么痴情,我该何想
我想不好了
只能埋头追赶

2017 年 12 月 8 日

初冬里的千阳

初冬,银杏
一袭凉凉的风
一阵迅急的雨
都无法让你的美消散
寒流,风霜
常常来袭
把我熬成炫雅的嫩黄
金色的太阳
加了一把火
把我温成了金黄的屋子
于是有了金黄的大道
和金黄的地毯
金色的太阳
再添一把火
把我温成了金黄的身子
如千阳般的灿烂
如千阳般的温暖
自有的辉煌
让人羡慕
让人啧啧称赞
纵有的辉煌

也该有谢幕时
如晚霞太阳西山
在走来的路上
不必为渐行渐远的身影
黯然神伤
不必再为擦肩而过的错失
泪湿衣衫
在未来的路上
义无反顾
脱离了大树
等待,等待
来年再结一树辉煌
岁月啊,许我吧
恬淡安然
感恩,一生中有风霜
感恩,一生中有太阳
我已转身成天涯
不会再生忧愁和嗔怨
暮色苍苍
其路远兮
一年一次辉煌,不需要
一生只需一次
成为初冬里的一片暖阳

2017 年 11 月 29 日

伟岸的家族

春夏绿叶

秋冬金黄

杏果洁白

一树擎天熬风骨

寿龄绵长亦清奇

身躯挺拔

体魄苍劲

不管风霜

寒雪飘飘

姿如长剑穿过云霄

信步岁月任西风

白垩纪

纪冰川

你来自哪里

是树中寿星王

唐诗宋词赞

圈圈点点皆文章

罗列大江南北

欲考年轮皆为大

中东北美已灭

唯有东方仅存

时光漫长
大地苍苍
万年骨质是不变的遗传

2017 年 12 月 2 日

夕阳红

江南水乡护城河畔
广场的夜晚
编织着一道道靓丽的风景线
随着润心的音乐
波动起舞
却无法避免时间的摧残
岁月车轮撵过的印痕
刻在一对对恋人的额头上
时光留下的霜白
洒在相濡以沫亲人的头顶上
不能阻止黄昏的精英
以轻盈的步伐
欢快地把时间追赶
歌舞的韵律
如一堆堆篝火的跃动
夕阳红
照亮整个广场
春风沉醉
晚霞如秋
绿树成荫

月光把黄昏恋
植成晚秋浓浓的森林

2017 年 11 月 30 日

寒梅心语

片片雪花

带来了严寒的隆冬

寂静的冬天

被勾勒成萧条素淡纤瘦

一枝寒梅

却送来了严冬的光芒

白雪皑皑

唯独是你

有着甜蜜的微笑

在你的眼眸里

有一种世纪爱的期盼

是谁还留我左右

陪我朝夕

又是谁不弃不离

化作相思泪(雪)水

一念固守

滋润着泡在整个寒冬的我

默默地我把一生的追求

旋转成寒雪中

一支独放的慢舞

曾经,在秋天有过羞涩

赤裸裸的枝条

在浓浓的秋意之中

有过不协调的凄凉

无声的眼泪

诀别的泪水

顿作漫天腾飞的相思雀

飞向只有劳作受苦的人间

与秋风同泣

与西风同哭

那是灵魂最后升华的倾诉

雪花飘飘

情思未了

如一根绵绵长长的丝线

期待一双温暖的手

——牵引

大雪,我要去迎接春天

2017 年 11 月 26 日

暮色向晚觅知己

北风凛冽，
天地清寒，
冰封雪冻，
暮色向晚，
谁能陪我一杯饮？

匆匆来的爱，
匆匆去的尘缘，
花开花落，
云聚云散，
是谁陪我遥望明月，
赏了春花，
淋了夏雨，
看了秋叶？
又是谁留我左右，
陪我朝朝暮暮，
不弃不离，
同睡一卷草窝？

时光岁月，许我吧！
恬淡安然，

感恩所有的遇见，
哪怕即成天涯？
心中不生嗔怨。
暮色向晚，
我若是神仙，
怦然心动的惊艳，
留给人间！

2017 年 12 月 3 日

消防员

揽一缕星光,剪一片云彩
织成一身庄严的服装
给自己隆重穿上
走出军人的威严,走出男人的情怀

舞动青春,舞动江河之水
与魔鬼搏斗
你前进,它就后退
你登上云梯
它就趴在你的脚下

看,当代最可爱的人是谁
赴汤蹈火
站在最危险的地方,只要人民需要
热血沸腾
不负众望
两行青泪又是家人

2019 年 9 月 26 日

我是一滴小露珠

我曾住悬崖小草的家
也曾住路边小草的房
我悄悄地来
悄悄地吸收着日月的光辉
小草皆朋友
树干和枝是我的梁和柱
我滋养着鲜花和绿叶
滋养着灌木和大树
太阳为我注入新能量
送我自由
风为我助威
也为我助跑
不再担忧背后风的袭来
我自由翱翔
驰骋在辽阔的大地上
我越过高山和大海
更愿住在绿茵茵的草原
我是一滴小小的露珠
却也满知足的
我会悄悄地离去
无惧,未知的海角天涯

2017 年 11 月 19 日

第四辑　我心飞翔

我心飞翔

一条小路朝着高山方向延伸
伸进了蓝天
道旁野草微笑

我特爱一人徒步
锁定方向
意念中,突然长出一对翅膀

我变成一只苍鹰
俯瞰旷野、河流、山川
拥有蓝天白云

我的诗是一条绿色的河
我的梦是一座远方的山

一个深远的声音
像高山上的一棵大树
冲破昨夜黑暗
天空,忽然向我开放

2017 年 9 月 15 日

一片青色的高粱

镜湖校园一大片青色的高粱
让我牵挂
一个月亮躲藏的夜晚
我悄悄地去过实地
披着黑纱的高粱姑娘
看不清她的真实面容
让我一整夜梦幻
翌日,清晨天阴
雨等着,来一股凉风
牵着我的手
赶往见识姑娘大方
着一色青涩的绿装
身材挺拔舒展
仿佛集合在一个大操场
等待指挥官的检阅
清风,一股劲儿吹
姑娘们的裙摆啊
沙沙作响
似欢迎
欢迎我,带着相机到访
帮着她们拍完集体照

帮着拍一组一组的合影
青春年华
始终高昂着头,向上
昔日,不怕骄阳
今朝,不怕风雨
有教官喊着口令吗
整齐一列列一行行
一个列队一个营
一个方队一整师
这不是新来学子队列军训吗
是高校中的青苗
仿佛看见祖国未来
在阳光下,在风雨中
渐长渐高

2017 年 10 月 11 日

注:发表于《浙江越秀外国语学院学报》副刊,2017 年 12 月 1 日。

校园的夜晚

今夜校园
星光灿烂
一排排教室的灯
如星光柔软
和着翻阅的书声
沐浴着学子的心灵

桌子与椅子
一对不离不弃的恋人
此时此刻
键盘跳动的音符
已经静默
把学子带入甜美的梦乡

教室外墙绿化灯
依旧照着朦胧的美景
书，书架安静
白天的灵魂
有了一夜的安宁

月亮悄悄爬上屋檐

校园上空的星星
如同师者深邃的目光
正在解读着
世界需要的光明

2017 年 10 月 15 日

注：发表于《浙江越秀外国语学院学报》副刊，2017 年 12 月 1 日。

校园春天的印记

经过寒假的熟睡
校园的脉搏又跳动了

小草没有冒尖
樟树叶儿就开始呼唤
白天,黑夜
为春之路做了铺垫。

柳枝早早发绿
宛如少女碧玉装扮
婀娜多姿
站在绣湖两岸随风起舞
在雨中有点倔强
不,是柔中有刚

花儿依次上台
枝枝春带雨,朵朵雨胭脂
樱花、梨花,白妆素袖
山茶、海棠,红花熟透
哦! 少男少女的成长

来了,主角回归
课桌如同键盘准确定位
敲动字母音符
莘莘学子聆听谆谆教诲
如沐浴春风、阳光、雨露

梦想继续升格
提升质量的号角再次吹响
那又是春风的来临
一年四季校园有了春的气息
也烙上春天的印记

2017 年 3 月 29 日

诗人自画像

诗人的手伸得很长
伸到东海
伸到海底捞出珍珠
诗人的脖子很长
把头颅载入天上
穿过蓝天咬下星星和月亮
诗人号啕大哭
哭比谁都忧伤
诗人的心灵
满天飞啊飞
笑比谁都幸福
每一根汗毛
仿佛是画家的毛笔
画出一幅幅精美的画
每一个细胞
都灌满了墨水
涌出一页页有灵魂的诗行

2017 年 11 月 20 日

偶遇梦想小镇进行曲

回响,激荡
梦想小镇
已整装出航
联想云台,互联网牵线
孵化大众创业
梦,开始的地方

阡茶院,收心养心
拾起往日的时光
章太炎故居
国学大师再现
让我浮想联翩

秦皇置县
杭嘉湖天然屏障
西倚南苕溪
南临大运河
粮仓,储粮
南宋的大后方

回眸,仓乾味庐

聆听,旧时光音乐
梦立方,梦立方
创空间,百创汇

约古鼎新,钱爱仁堂
芸台书舍
阅慧、闻思还有阳光
偶遇小镇
难忘一句话:
我负责阳光雨露
你负责茁壮成长

京杭大运河
沉睡了,二千四百多年
三十年的改革开放
唤醒了——大运河坡塘

2017 年 9 月 6 日

美丽春天,中国风的力量

全球有股强大的东风
来自有五千年文明的东方
源于丝绸之路
源于陕北梁家河

跨过平原、沙漠、山峦
大陆布满了高速网
首例世界扫码过闸磁悬浮列车
在东方诞生,将奔向更远的地方

东方神舟,航天神器
天宫、天眼,墨子、悟空
凯歌,已经奏响
在宇宙苍穹间——扬帆
致使原有上天之国脸面顿失

大飞机上线
"一带一路"
跨过长江、黄河、珠峰
主权债务在国际市场上
穿过标普、穆迪和惠誉的高墙

刮起了一股强大的中国风

蛟龙入海,亚丁湾护航
反恐维稳,海上维权
国际维和,人道主义救援
人民军队在强军路上
迈出坚定步伐,有效践行

坚持反腐,无禁区
零容忍,全覆盖
打虎、拍蝇、猎狐都来硬
中央巡视利剑,坚定
人民赋予的权力在阳光下运行

古老的东方
神奇的地方
蓝天白云下
驰骋着翱翔宇宙的思想
十九大的春天
阳光温暖而灿烂
中国风,特色风,近平风
穿越一座座壮丽巍峨的大山

2017 年 11 月 14 日

注:发表于《中国风》2018 年第 2 期,第 12 页。

走进世界舞台中心

当今世界风云激荡
风险，严峻
起伏，跌宕
地球需要和平发展治理
赤字却依然
面对全球挑战
中国风的外交，迎难而上

东方智慧
有为无为儒家思想
在乱局、变局中
源源输出正能量
南南合作，"一带一路"
设和平与发展基金
在外交实践史上赢得反响

中国担当
打造人类命运共同体
博鳌论坛，四点主张
万国宫，五位一体
为世界和谐发展进步

绘蓝图,描一幅巨卷

中式外交,真情浓浓
双轨并行,双暂停
缓解朝鲜半岛紧张局势
阿富汗和解,进入新阶段
非洲抗击埃博拉疫情一线
尼泊尔地震救援现场
海盗猖獗的亚丁湾海域
中国特色旗帜
立在大风大浪中徐徐扬帆

2017 年 11 月 17 日

我陶醉在浓浓的秋林之中

秋风,吹过
习习凉爽
林间小道婉约悠长
我踩着秋叶
便有了诗意的骚动
夕阳,晚霞
温和的余晖洒在秋叶上
一地落叶,金黄
那是它们留给尘世间的
一道不可磨灭的风景线

秋风,吹来
习习凉爽
携来漫山遍野的秋色
仿佛是画家
笔下涌出的一页页画卷
我站在秋林之间
聆听落叶坠地隐约响起
薄如蝉翼的窸窣声
仿佛一页页诗行的跳动

秋声响,秋声静
让我的灵魂陷入其中
落叶飘零相伴
世界上便没有了孤单
生命轮回
总会走进最美的岁月
在来年春天的嫩芽里
会有秋叶深情的微笑
我陶醉
我相拥
在浓浓的秋林之中

注:收录于《中国当代诗人佳作选》,团结出版社 2018 年版,第 194 页。

小草

她不在意秋风瑟瑟
不在意寒露
被霜染的草地
像金色的沙滩

她一次次酝酿着
未来的希望
茫茫大地，她不在意
不在意人的践踏
在低处，心比天大
比海深
比人心辽阔
根扎紧大地
是集体，还是个体
信心总是满满的

2018 年 11 月 4 日

我爱小木莲

一个不起眼的名字叫木莲
她跟大树比,算不上高大
她与小草比,算不上矮小
身材颀长,清瘦,且舒展

万里秋风送来情,唯有木莲晚秋领
花开深秋,全天迎候
一日三变,或白或粉或亦赤
赏心悦目,风吹雨打更艳丽

每一朵花儿都赋有诗的韵味
清晨,鲜艳,恰如少女出水
中午,淡妆,仿佛换一少女
傍晚,素洁,宛如少妇走来

我喜欢上木莲
她,喜欢站在小路边
静静绽放,凋谢又开,花开富贵
傲霜不畏,凌露不寒,风姿不减

我悄悄爱上木莲

她,喜欢站在小河傍

不与梅花争魁,不与春天争艳

她庄严而温柔,她淑静而典雅

这个不起眼的姑娘叫木莲

还有一个好听的名字木芙蓉

我喜欢叫她,小木莲

我大声喊:我爱你,小木莲……

注:发表于《中国风》2018年第1期,第68页。

芙蓉少女恰出水

（一）

万里秋风送来情
唯有芙蓉晚秋领
一日三变其姿色
或白或粉或亦赤

（二）

瑟瑟凉风难抑住
霜侵露凌却丰姿
艳似菡萏舒展瓣
芙蓉少女恰出水

2017 年 10 月 31 日

江南好女赛芙蓉

（一）

万里秋风送来情
芙蓉有意晚秋领
一日三变其姿色
或白或粉或亦赤
深秋风情其占尽

（二）

瑟瑟凉风难抑始
霜侵露凌却丰姿
艳似菡萏舒展瓣
皎若芙蓉恰出水
岂不是江南好女

2017 年 10 月 27 日

214

柳之恋

春来了,风来了
春季的思念化尘缘
吐新芽
叶很嫩
一颗绿意爱心来人间

夏来了,雨来了
夏季的思念化爱意
叶更绿
意更浓
条条垂柳飘逸眷恋

秋来了,霜来了
秋季的思念化圣洁
叶虽老
意却深
点水荡漾自己媚艳

冬来了,雪来了
冬季的思念化落叶
一吻一昼夜

一吻一季节
默默守护着自己的心田
——春天又不远了

2017 年 10 月 26 日

忆故乡

秋去冬来,时光飞逝
手捏着属于自己的笔
续一首残诗
漫步曾经的过往
山坳的炊烟袅然
梯田的稻谷片片金黄
徐徐画出当年的景象

春去夏至,岁月无痕
手捏着属于自己的土
缘一回旧梦
曾经的小娇姑娘出嫁了
太阳从西边落山
小溪依然涓涓流潺
种出山涧的笑容和声响

2017 年 10 月 24 日

红心照耀　航母扬帆
—— 献给并预祝十九大胜利召开

（一）

曾有三座大山
压在百姓头上
没了太阳,跑了月亮
乌云遮挡,暴雨疯狂
天下百姓,人心惶惶

来了主义,有了信仰
过草地,爬雪山
淌过九十九条江
翻过九十九道梁
九十九回曲折,九十九回辉煌

自有红旗,撑天漫卷
不管路程多远,多艰难
岁月流年,理想不变
红心照耀
给新中国带来曙光

（二）

改革开放,经济发展
国力增强
遇困难讲科学
领航人的铁腕
十八大,把腐败门关上

高举中国特色
高瞻远瞩
领航人
认清水可载舟也可覆舟
十九大,又是一个分水岭

爱民深情,不忘初心
党的根基在人民
绿色发展,实现梦想
红心照耀
中国航母
朝世界未来扬帆起航

2017 年 10 月 19 日

红叶漫卷西山

秋风来的路
——很远,很远
她,踏遍大山
她,跨过山崖

她带上太阳的光芒
南来北往
奏响一支风笛
秋红从秋风中走来

秋风来的路
——很远,很远
她,涉过大江
她,越过山涧

她带着月亮的圣光
年复一年
打一曲秋雨鼓点
红叶漫卷西山

2017 年 10 月 19 日

力量在静默中爆发

苍穹银河日日翻转，
高山绿谷天天依然。
不是在沉静中枯萎，
而是在静谧中新生。

十月静养一朝分娩，
黑夜积蓄一朝太阳。
宇宙在静默中爆发，
力量在静默中生成。

2017 年 10 月 18 日

在诗行里寻找未来

徒步在诗行里远航
那是灵魂的一次高跳
诗意弯弯向上
延伸,延伸
诗韵如道路两旁野草微笑
我的梦想在蓝天
湛蓝的天空向我开放
像白云在蓝与青之间飘荡
我的梦想,已飞翔
像苍天上的雄鹰
俯视高山、旷野、河流盘旋

小鸟迎接曙光飞扬
我的梦想,已长大
像高山上的大树
冲破重重的黑暗
向着天空生长寻找阳光
像长江黄河一样
滔滔流淌
诉说,它们历史的光辉
我的愿望拥有蓝天白云的永恒陪伴

像不老的青山
像不老的神山
只要宇宙不灭
日行一万步
就能走到诗和远方

2017 年 9 月 15 日

石头村记

一巨岩擎天
白云悠悠
岩下的石头
刻写着记忆
一股清泉
在岩壁上流淌
翠竹、苍松葱郁
怪石嶙峋
清澈溪水
缓缓绕行于村中
逆溪流
沿着卵石的小径
拾级而上
清风指点
石头说
——垒砌的墙
——磊铺的路
——石拱的桥
由我承载已千年
鸡鸣，犬吠
明月，老酒

老人额头的刻痕
也安抚石头
风霜雨雪
没有你的功劳
也有你的苦劳
哦！你放心
已经把你的功勋
烙在村记上
村外夏日炎炎
村内却是秋凉
太阳忘记给这个村
安一个夏
人在其中
仿佛置身世外桃源

　　注：2017 年 12 月 3 日作于忆岩下村——2011 年夏天，去过缙云岩下村六次，惦记该村书记、老人、酒以及一村的石头……

秋雨中漫步

沙沙，沙沙
下着细雨
提醒梦想诗意不能搁浅
撑伞漫步
蔡江家村在永和塔下
一江秋水
融入一幅水墨画
绵绵的雨帘
把村、把岸柳和山披上
朦胧薄薄的面纱
洗衣女在哪
不见河里荡漾的倩影
屋里亮着光
河上寂静出一个白净
一条小径
带我走向永和塔
秋风秋雨
拨动岁月的琴弦
年复一年

2017 年 10 月 16 日

在偶遇香炉峰的野道上

清晨,雾天
爬香炉峰
错走一条野道

一位美丽的姑娘
身穿红色上衣
背着黑色双肩包
手持一把长伞
她出现在我的前方

遇见,约之
我误认同上香炉峰,跟上
瞬间,就是瞬间
把我带进一堆乱坟岗

是孤坟野鬼,不
一座座的错落
人间灵魂安放的地方

姑娘是狐仙吗

227

在我脑海里闪现
镇定,镇定
走着,绕着
终于走出乱坟岗

姑娘不是狐仙
她爬山敏捷
下石坡,抓枝条
过一坡又一山

攀藤蔓,爬岩壁
恰逢云雨点点
孤立的两座石笋
对峙着一座山岩

姑娘已在山顶上
在峭壁上回头
岩嵬磅礴蜿蜒
林密郁郁苍苍

岩壁滑,我也上
站上三圣岩瞭望
天竺胜景
云雾在坳升迁
祥霭占顶缭绕

在三圣岩顶禅坐
云雾朦胧,翩翩
祥霭氤氲,倩倩

喔！今天遇上
是不是香炉姑娘……

2017 年 10 月 15 日

大山的呼唤

国庆中秋
高速长龙,阻隔不断
我的灵魂游走
倾听,一个声音
在呼唤

青色的大山
那是春风吹的绿
深秋的大山
那是霜雨染的红

稳固的大山
给我一个安宁
坚守的大山
给我一个幸福

那是
我灵魂居住的地方
那是
我肉体最终的归宿

大山大山
——我回家住

2017 年 10 月 1 日

登披云山

登披云山
我是幸运的
总是能遇见最好的山水
遇见最好的姑娘
披云姑娘，我来了
我在这里哦
我在这里
披云把青山绿水荡漾给我看
披云姑娘，我来了
你披上朦胧的婚纱
等待我的出现
你和青山不离不弃已千年
在山巅上
我上啊，上
踩在披云姑娘的裙摆上
能听见星座间对话的声响

2017 年 10 月 3 日

小花的希望

一种小花
它无须打扮
静静地绽放
在村落的屋前

一种小花
它无须浇灌
慢慢地吐着芬芳
在山巅的岩缝里

一种小花
它迎着风雨
默默地坚守大山

风景靓丽的地方
总是逃不过人类的法眼
小花,总是
希望逃过人类的眼睛

2017 年 10 月 4 日

我爱深秋

深秋寂静的时候
山谷空旷
吸纳大地的一切声响
深秋的大地
阳光普照
山色与田野格外分明
金黄低垂的稻谷
镰刀飞舞
在稻田里卧倒一片一片
深秋,旷野中
被霜雨染过的
是我爱的一片秋色

2017 年 10 月 7 日

深秋的爱情

清晨露珠吸着光辉
把纯洁的爱情献给了小草
太阳的见证
坚贞,无视自己生命
叶虽然失去树的依靠
不管风怎样干扰
日夜坚守
不依不饶,抚慰着大地
果闹枝头的样子
叶子离开
满满的都是枝对果的爱
扎得更深、更紧
稻谷低头思念
同是每一粒米的梦想
无须脱掉外衣
在寒冬里,携手同眠

2017 年 10 月 8 日

太极音乐会疗伤

清晨,清晨
早早的清晨
徒步,日行一万
穿越,名人广场

晴天,还是雨天
沁人心脾的音乐
舒舒、软软
舒舒、软软地传来

在亲水河畔
在名人广场上
在一段长长的廊道里
这音乐,轻松
这音乐,绵长
这音乐,悠扬

你有时烦恼
无妨,无妨
请你到名人广场
听一听轻松的音乐

听一听绵长的音乐
你的烦恼
已跑了,跑到天空上

你有时忧伤
无妨,无妨
请到亲水河畔
听一听绵长的音乐
听一听悠扬的音乐
你的忧伤
已跑了,跑到月亮上

你有时迷茫
无妨,无妨
请到长廊里来
听一听悠扬的音乐
听一听轻松的音乐
你的迷茫
会化了,化到云霄上
化到了云霄上

2017 年 10 月 13 日

风儿逍遥也自在

风儿逍遥也自在
以宇宙为房
以山河为伴
搬着白云慢慢游
搬着乌云快快走
让河水听话
沿着大地向东流

风儿逍遥也自在
可以弄月
有时圆,有时缺
可以弄天
有时雨,有时晴
在雨天让花儿更鲜
在晴天让花儿更艳

风儿逍遥也自在
在夜里
随时可以出来走走
有时或许寂静入眠

到了黎明
收获繁星,释放天明

2017 年 6 月 11 日

风儿,在追

风儿有梦,在追
追着叶儿恋爱
清风掠过,轻轻私语
虽经漫长的寒夜
叶儿终于唤起大地万物的苏醒
那是风儿,一直在追

风儿有梦,在追
追着竹儿恋爱
暖风拂过,摇曳着万竿行礼
虽有炎热太阳的酷烤
仍让竹儿的身体变得轻灵
那是风儿,一直在追

风儿有梦,在追
追着白云恋爱
微风轻吹,白云悠悠
自由自在
这是雨雪后白云的体验
不是随心所欲,也能千姿百态
那是风儿,一直在追

风儿有梦,在追
追着浪花恋爱
海风劲吹,海水拍岸
高举洁白的浪花示爱
这是大海的情怀
潮起潮落,天长日久
那是风儿,一直在追

风儿有梦,在追
有了阳光的爱
即使暴风狂吹、飞沙走石
也会顿时消退
这是蓝天的包容
驱散乌云,苍穹涵青
阳光明媚
那是风儿,一直在追

风儿有梦,在追
和雨雪相爱
风雨同舟,风雪交加
你中有我,我中有你
经过雷电的考验
即使乌云覆盖
也不能将他们分开
那是风儿执着、坚强
一直在追……

2017 年 4 月 21 日

秋荷让我悄悄地告诉你

秋荷,一个名字
多么清脆、柔和
她是一位老练的姑娘
她让我悄悄地告诉你
她不悲哀
她已成熟
"叶儿虽然黄了
我的手依然把她举着"
"叶儿虽然破了
我的手依然把她揉在怀中"

"我有伤痛,也无可厚非
老天提供——
方塘、曲池、长河"
"我曾碧绿连天,招人惹爱
我开花结子,早就完成"

她知道,这个季节往前走
是悬崖,是深渊
或将是满天的风雪
她让我轻轻地告诉你

她不怕暴雨,不怕寒冬
淡定地说:
"我的脸虽已衰老
却已见证我的辉煌
我的脸虽已无法缝补
却能化作河水,等待来年"

2017 年 10 月 0 日

名人广场穿越记

绍兴南,亲水河畔
路旁水上皆有古人守望

穿越时光隧道
来到东汉,首遇王充
传承发展道家思想
论衡:释万物异同
真诚拜见明代王守仁
阳明先生
集大成心学博大宏达
立德立言于一身

换一时空
路遇明代徐渭
多舛、坎坷一生命
狂放,不畏权势
奔放落笔
独立书斋啸晚风
半生落魄已成翁

从清末至民国至现代

马寅初早年入会
一生心血，论人口新
突然见到王羲之
书换白鹅，洗黑墨池
兰亭序——
千古绝唱响起

音乐传来岁月的光辉
绍兴名贤馆在眼前
一部绍兴史
大禹治水，鲁迅、恩来……
五千多年文明
在古越大地上空闪亮

2017 年 9 月 30 日

秋雨的早晨

一夜的秋雨
一夜的降凉
稽山脚下,润和南岸

沙沙、沙沙
走着,雨下着
茭白,青菜,豆荚
不知何时来菜场
鱼鳅,扇贝,河虾
不知何时上岸

沙沙、沙沙
走着,雨下着
名人广场的廊道里
太极音乐轻松悠扬
二环南路宽广的车道
车水马龙

这个世界
你和它,你们和他们

相向而行
真不知会遇上什么梦

2017 年 9 月 20 日

江南水墨画

今晨,有雾
一条护城河
梦幻流淌……
远远望去
香炉峰淹没在雾中
发现自己
已经走进了水墨画

河流的远方
烟雨茫茫
两岸的杨柳
一树碧玉朦胧
一段河堤
接过一段河堤
洗衣女的倩影
在水中荡漾慢慢地化为零

今晨,即使来了
公元前的太阳老人
也揭不开香炉峰的面纱

隐隐只见山坡上
——大禹千年守护
豁然,转身
发现自己从水墨画中走出

2017 年 9 月 22 日清晨

遥望大禹

香炉峰下
春夏秋冬
亲水河畔
名人广场向东
一伟人,清晰
就在远处前方
不知何时开始坚守
站在山岗上
冥冥中
总有一股电波
让我震撼
五千年前发出的光芒
哦,是大禹
三过家门而不入
让洪水听话
让老天折服
我止步,昂立遥望
我漫步遐想
我渴望什么呢
重新迈开了脚步

2017 年 10 月 9 日

青涩的芦苇

什么叫清纯？
你见过吗？我见过
青涩的芦苇
是这样，是这样

她静静地玉立河边
你注视，她微笑
你来到她身边，她和你亲近
你张开嘴一吹，她微微一动

她从不昂头
和蓝天一色，和清水相容
她默默地把持着
相信曙光每一天都会来临

2017 年 10 月 9 日

一对白鹭

一对白鹭
问候清晨
在青草地上
信闲漫步
一啄一啄
早餐的时间
沐浴薄雾
格外的清新
尖尖的嘴
纤瘦的身躯轻盈
长长的脖
机灵的眼睛
一前一后
左右不离
是母女吗
但愿不离不弃
一抬头一相望
目光温柔
是情人吗
但愿天长地久

2017 年 10 月 1 日清晨

中秋多情，把酒问月

丁酉中秋，在瓷都聚会；
老天无情，人间有情，美酒敬家人。
此处有妻女，儿在丽水，长辈在金城；
今晚虽是团圆节，我哪里赏月去？
月有圆缺，不应有恨，望老天成全；
中秋之月年年有，不知哪年会更圆？

2017 丁酉中秋龙泉

浦江之行

奔驰五百里
踏进中国水晶城
水晶魔化一等千年
只及同窗三十五

从窗口望湖景
前昊休闲,迪济漫步
青山墨绿平湖千丈深
不及同学送我情

夜宿新光村故民居
住车房喝酒唱歌又载舞
人生啊!
只有同学相聚易忘时辰

江南第一家坐落浦江
孝德家风规范
可叹可惜
改朝换代古树已斜

2017 年 10 月 6 日

岁月静安

在所有微信的昵称中,亲爱的
我感受来自你的信息
一经打开
你已俘获了我的思绪

从我的脑海之中
飞出一些不连续的语言碎片
你的昵称轻而易举地
将我的思绪吸进一段岁月的年轮

孩儿时代无忧无虑的欢畅
成为我美好记忆的画面
连同无邪、纯真的笑声
岁月让它在我梦里频频呈现

山村、校园、读书声
熟悉、甜甜的,仿佛犹在耳边
仿佛看见你的成长的倩影
沿着一条道路努力挺进向前

于是从我脑海中

冒出无数人类的美好语言
在我的岁月流逝中涌现
轻松地填补了夜晚的空间
它无法改变我
在寂静的夜晚里思念,难眠
一段完美的岁月静安
唯一的梦想便是宇宙星空下
牵手拥有

2017 年 9 月 28 日清晨

第五辑　夜晚给我灵魂自由

夜晚给我灵魂自由

我来到这个世上
开始半个多世纪的旅程
我受上帝的照顾
享受夜晚孕育的光芒

夜晚,她是黑黑的
又是那么明亮
月亮,星星
各自闪耀着圣洁的光芒

夜晚,她是朦胧的
我和月亮,我和星星
已经没有距离
圣洁的光,照亮我心头

夜晚,她是豁达的
时光在夜间流转
白昼累了,拉下帷幕
我依偎在她的胸脯上

告诉你一个小秘密

夜晚,她就是一个精灵
把握分寸,慢慢享受
她是我灵魂居住的地方

2017 年 10 月 31 日

做一个清澈的人

一个清澈的人
阳光,自信
距离在于懂得与欣赏

一个清澈的人
善良,有为
距离在于容纳与敬畏

一个清澈的人
兰心,蕙质
距离在于平和与坦荡

一个清澈的人
积极,向上
距离在于真诚与高尚

一个清澈的人
纯洁,无念
距离在于包容与奉献

2017 年 9 月 29 日

荷生

小荷出水终有时，
枯叶谢幕亦无悔，
化作河水待来年，
人生变化就如此，
堂堂正正过一生。

2017 年 10 月 21 日

一位老人在空中行走

露珠凝结
一位公元前的老人
沿远方山坡爬了上来
带着自身的光辉

露珠缩小
这位老人走到山顶
圆的脸,慈祥
温柔的眼神放出束束光芒
冲破昨夜的黑暗

露珠化了
这位老人借山顶腾空
矫健的身姿不变
不记得她走过的岁月
也记不得她走过的风霜

2017 年 9 月 18 日

时光悄悄地离去

你,不紧不慢
你,不慌不忙
我想见着你
想把你留住

我喜欢你
你却悄悄地离去
永远合不上你的步调
永远跟不上你的步伐

我拥抱你
你却为我做下了记号
黑眼圈
是你为我留下的痕迹
白头发
是你为我染上的印记

我爱你
你却把我远远摔下
你永远年轻,我已变老
你得到永恒,我却不能重生

你,从哪里来?
你,到哪里去?
我想知道
你从哪里来,你到哪里去
我爱你
一万年不长,只争朝夕

2017 年 8 月 9 日

注:发表于《大东北诗刊》2017 年 12 月 18 日。

春天的野草

生死站成一棵梧桐树
岁月珍藏
一些流逝的光阴
你是否
收获秋天成熟的爱情
在我寂寞的世界
穿过隆冬
跨过荒芜地带
却长满了春天的野草
我不知疲倦地
搜索、寻找粉色的、白色的
红色的花朵
可惜夏天的夜晚
只盛开一些丁香
蓝色的思念
依然在梦中
给自己的天空画一道彩虹

2019 年 8 月 24 日凌晨

镜湖图书新馆

江南水乡
越秀镜湖起航一艘梦想的战舰
络绎不绝的参观者和莘莘学子
好奇,好奇的样子
留恋新馆书籍的珍藏
阳光透过屋顶
星光灿烂

没有一艘舰船
能像一所图书馆一样
引领学子
免费遨游森林、高山、大海

这艘新战舰
载着人类文明的灵魂
带着越秀升格大学的梦想
扬帆启航

2017 年 7 月 1 日

绿萝

离开桃源,离开故乡
被供奉着
像瞻仰辽阔的草原

难免被送人,被遗弃
像隔世
宠爱一次
然而又让我慢慢地死去

只要能吞吐一口气
一滴水
就能让我哭哭笑笑

炎炎夏日,迎来
浓浓的秋天
尽情地释放他的情怀
隆冬也能
孕育生机盎然的春天

2019 年 8 月 24 日

麦子

秋去冬来
被一双手送进一个寒冷的世界
带着久久的凝望

寒风呼啸
睁开熟睡的乌黑的眼睛
用青春致敬世界

为故乡的臣民
长出针尖磨平自己的锋芒
来一个粉身碎骨

致死就是致生
感恩再造父母
挥手告别今生的辉煌

2019 年 8 月 26 日

江南好个秋

秋风秋雨并不寒，
此时江南多艳阳；
夜晚长短同白昼，
秋分秋分两头爽。

2017 年 9 月 12 日

秋分望秋

淡淡秋风,澄月碧空;
丹桂香飘,虾肥花红。
万物柔情,果满枝头;
谁的祈盼? 秋日秋分!

2017 年 9 月 14 日

端午传情

五月初五赛龙舟，
正是石榴红艳舞。
美酒佳肴节日多，
唯有端午挂菖蒲。

雄黄艾蒿驱毒邪，
微风吹拂柳枝斜。
莫看糯粽箬叶裹，
内心深处藏经典。

屈原抱石未报国，
三闾大夫成离骚。
敬仰缅怀拳拳心，
人间悲剧变喜情。

2017 年 5 月 30 日于龙泉

爱之旅

当你的眼神洞穿我的眼眸
一条河
为新生命的诞生
沐浴着
雨露阳光

路上
有春天的浪漫
有野花探头微笑
这条河
如盛夏一样炽热
持续,热恋,澎湃

路上
有深秋变脸的时候
缺雨水,缺甘露
甚之
冰冻三尺,如寒冬来临
这条河
即将封住
雷鸣电闪

破了僵局
那是异性相吸的拥抱

路上
又是一个春暖花开
冰雪消融
这条长河,弯弯曲曲
注入激情
朝一个方向流淌

2017 年 8 月 13 日

走在一条小路上

题记：2017年8月15日作于丽水清晨，是儿子订婚之日，让我想起自己的成长，走过的小路。时间过得好快，已过大半辈子，心中留下一点梦想，希望儿女生活过好！健康！希望被大山围着的人，也能走出大山。

我双脚踏上土地
一条蜿蜒的小路
就在延伸
坎坷泥泞
是生活的曲子
荆棘谱写着节拍

我住在山下
一个村庄
听到奏出日出日落的回响
梯田溢出的清香

我重复父辈的脚步
留在那山坳里
有月光、星星做伴
还有依稀朦胧的山峦

我走出大山
还是被大山围着
山顶
云卷云舒
没有彩排
走过无数的小路
行山,涉水
心中有一条弯弯向上的小路
穿过大山

寻找我们的未来

题记:9 月 1 日,龙泉回绍兴。绍兴气温已陡降 10 多摄氏度,褪去了炎炎夏日的热度,温凉静美的秋天终于到来。回想在龙泉夏天畅游大江的痛快,带回 20 多首小令诗,连同"日行一万步,世界会变样"的梦,回到绍兴,坚持日行万步。在初升太阳的照耀下,天高云淡,碧流青嶂,步行至永和塔下练习"八段锦",别有一番味道,跳跃式回想起小时候深秋烤红薯的香甜,想着后半辈子美好的日子,在诗行里寻找未来……于是,就作了这首《寻找我们的未来》小令诗送给自己和朋友。

一双手握着时间
嘀嗒、嘀嗒
书写着
夏暑冬寒春华秋实

到了春天
嘀嗒、嘀嗒
想着、梦着
盛夏裸身畅游大江的痛快

到了夏天
嘀嗒、嘀嗒

梦着、想着
深秋烤红薯的热气与香甜

到了秋天
嘀嗒、嘀嗒
等着、盼着
打雪仗、滚雪球的好日子到来

到了冬天
嘀嗒、嘀嗒
盼着、等着
冰雪消融，春暖花开

写着、写着
问号不见了
一年又一年
在四季
在诗行，寻找未来

2017 年 9 月 2 日清晨

白云悠悠转

晨雾稀稀白日光
水流潺潺夜雾茫。
青山依依披绿服,
白云悠悠天湛蓝。

远方山峦莲花瓣,
起起伏伏曲线长。
青山千年有了约,
白云围着青山转!

2017 年 8 月 27 日龙泉

我漫步于瓯江边

一个夏天
我漫步于瓯江边
每个清晨
每一次薄雾中
瓯江变得如此清纯

高山
是瓯江的底部
下方是云层
在斜阳中波光粼粼
多了一条小船
多了一位帅哥在撒网
低飞的白鹭
成了忠实的伙伴

丝滑一般的蓝色空气
它在召唤
梦中的一个愿望
后半辈子做一个画家
如同不知疲倦的流水
徐徐见证

绘制一幅千里长轴的山水画

一个夏天
我漫步于瓯江边
每个夜晚
每一次舞场的约会中
瓯江也变得深邃

从什么时候开始
江中有了灯塔
多了一位姑娘
披着霓彩的衣裳
在水中央——荡漾
闪烁着不定时的耀眼的光芒

轻纱一般的墨色夜空
它在召唤
梦中的一个愿望
后半辈子做一个舞者
如同时时跳跃的朵朵浪花
开心见证
舞动一条锦绣和身的万里长堤

2017 年 8 月 25 日作于龙泉清晨

九姑山

今天,爬九姑山……
那是
我灵魂的一次远走

她,不是名山
一条绿道弯弯向上
延伸,延伸
到了观景台,到了天蓝

香樟,翠竹
守道两旁
仿佛世界披上更绿的盛装
我宛如
插上一双翅膀

湛蓝的天空
向我开放
悠悠白云在青与蓝之间飘荡
我的心球体
已飞翔

她养育的青松
刺破昨夜重重的黑色
向着蓝天生长
寻找阳光

她养育的小鸟
昨夜安心睡眠
今日一早迎接曙光
放声轻唱

她身上的绿道
像清澈的瓯江在流淌
诉说
青瓷的神韵
宝剑的光辉

九姑山
一座不会老的青山
没有庙
没有神，也没有仙
只有九姑的长眠
和蓝蓝的一片天

2017 年 8 月 26 日清晨

游敬亭山有感

　　题记：9 月 3 日，应几十年的老朋友——在宣城开发房地产项目的老总黄宇达的邀约，游览了敬亭山。敬亭山是江南诗山，名不虚传，游览后内心深处有许多感触，确实震撼，游兴未尽。翌日清晨，也没有停止"日行一万步，世界会变样"的梦想，又前往敬亭山探究。回维也纳国际酒店后，作小令诗，以念之。

朋友相约自宣城
驱车直上敬亭山
震撼！
震撼！
江南第一诗山
翌日清晨
站在敬亭湖畔
回看默念
小小敬亭山
山不高
有画僧石涛
梅清相伴
陈毅站岗
相思泪泉流不断

太白独坐
魂在高楼上

2017 年 9 月 4 日于宣城清晨

教师节礼赞

——金秋九月有一束光芒

在金秋的九月里
有一束光芒
照引了三十三个春秋
从茫茫的浅滩到湛蓝的海洋
让世界的精彩异常

是的,这束光芒
让我消除迷茫
越过一座座高山
我翱翔过蓝天
是您一片纯净温暖的蔚蓝
给了我腾飞的翅膀

是的,这束光芒
让我从幼稚到成熟
跨过一条条河流
我搏击过风浪
是您一生所学相授倾囊
给了我弄潮的力量

金秋的九月啊！
这束光芒,耀眼闪烁
毅然,点燃了
日日夜夜无数根蜡烛
让白昼更加透明
让夜晚更加辉煌

2017 年 9 月 10 日于绍兴越秀

温柔的样子真好看

不管什么时候
遇见
您温柔的样子真好看
生性平和
不急、不燥、不怨
至清、至明、至柔
如早春的风
捎上温柔的力量
弥补时光的磨损
给人清淡、清香与清明

不管什么时候
遇见
您温柔的样子真好看
心态向上
充满情趣
如蓝天的白云
拥有素净的从容
抵御岁月的流逝
给人安稳、安静与安宁

不管什么时候
遇见
您温柔的样子真好看
笑靥羞涩
如待放的花蕾
淡妆束身
如滴水贴身一般熨平
给人穿了一个春天
美丽,楚楚动人

2017 年 7 月 24 日

人生进行时

在路上
走着走着,成弯路
爬坡时,正累着身

在路上
过着过着,现忧伤
流泪时,正痛着心

在路上
想着想着,化困难
高兴时,正忘于形

有失有得
艰难——正是修心时
孤独——正是冷静时
痛苦——正是顿悟时

2017 年 8 月 15 日丽水清晨

人生没有彩排

人生,没有重复之路

艰难之路
走着走着,走成了弯路
走着走着,延长了道路

痛苦之路
过着过着,出现了忧伤
过着过着,生出了烦恼

幸福之路
想着想着,就有了思路
想着想着,化解了困难

人生! 人生
走过的路都算数
精彩一条
向上的姿态

2017 年 8 月 10 日于龙泉清晨

今夜星光灿烂

今夜,星光灿烂
纯色的光线
她不会让我忧伤
哦！原来炎炎的夏夜
凉风吹爽
没有心结,抚平创伤
每一朵花朵
都在温暖的春天盛开

今夜,星光灿烂
划过的流星
不会使我黯然
哦！宛如一位姑娘
飘至舞台的中央
用天籁之音征服了全场
此时此刻
仿佛全世界的人
都有一双笑靥

今夜,星光灿烂
皓洁的月亮

我心欢畅
哦！我闻到千里之外的酒香
原来是嫦娥捧出桂花酒
与世人分享
今夜！我只喝一两
也会让我陶醉七天七夜
仿佛每一条路
都通向灿烂的明天

2017 年 8 月 17 日

瞧,山上这棵大树

瞧,山上这棵大树
最早迎接阳光
最迟拉下帷幕

在黑夜寂静等待
狂风吹
屹立不倒
每一个细胞都有生和爱的向往

瞧,山上这棵大树
内在的血液向上流淌
内在的精神全身涌动
从细根到粗壮的干
从密枝到茂盛的叶
正为自由和光明而追求

2017 年 7 月 16 日

秋风的愿望

秋风来的路
——很远很远
吹遍大山，吹遍天涯
带上太阳的礼物
东来西去
用一季的时间
红透漫山遍野

秋风来的路
——很远很远
吹遍大江，吹遍山涧
带着自己的心愿
南来北往
年复一年
把染透的秋色留给人间

2017 年 10 月 17 日

风,性格多变

风,悄悄、温柔
是你
如十里桃花的姑娘
在公元前
碧波池里荡漾
洒出的水
给地球披上了绿色的衣裳
转动轴
让地球
朝朝夕夕迎接太阳

风,狂妄、野蛮
是你
像深埋地心的妖魔
在公元前
炼丹炉里玩耍
喷出巨火
拉长浩瀚无边的地平线
吹皱了地球表面
有了山峦、森林
河流、沟壑

风,大方、慷慨
是你
从远古开始
年年赠送
地球丰盛的嫁妆
温情脉脉
——捎来了春天
热情高涨
——捎来了夏天
真情真意
——捎来了秋天
无情无义
——捎来了冬天

2017 年 8 月 5 日

我愿为一棵小草

不管太阳如何照耀
对于这个世界而言
我只不过是一棵小草而已
长于烂漫的春天

不管月亮如何引潮
对于这个世界而言
我只不过是一滴淡水而已
融于深阔的大海

不管时光如何飘过
对于这个世界而言
我只不过是一片白云而已
浮于苍穹的蓝天

人生曲折或传奇
都来自苍茫大地
如流云,如溪水

2017 年 7 月 21 日

我就是一颗小豆点

我或许是一个逗号
在世界上
多我一个不多
少我一个不少
倘若站错地方
意义就不一样
我特尊重自己
就是一颗小豆点

我或许是一个分号
在生活里
失意时停一停
得意时想一想
倘若没有休息
你就会很疲劳
我特需要停顿
让我保持续航

我或许是一个句号
在宇宙中
地球也是一个点

来世上转一转
无非画一个圈
经历命数的时光
自然退场
我尊重自己
是一颗小豆点

2017 年 8 月 6 日

我是一只小羔羊

我是一只小羔羊
在生物链中
我是最弱的
随时会遇到威胁
不能因为有狼的存在
而减少
我对青草的热爱

我是一条小鱼
在水中
那是我的天堂
不想学兔子
在岸上奔跑
不能羡慕鸟儿
飞到树上

我是一只蚂蚁
在旅途中
随时会被踩到脚底
不能因为会受伤
而停止跋涉

不能因为会被碾死
而停止迁徙

2017 年 8 月 6 日

爬山有感

经过
陡峭的山坡
必有平坦的道路
爬上一座山峰
后面
还有更高的山峰
等你征服

遇见驿站
也要休息加油
放慢脚步
为了走更远的路
心中有梦
无论什么路
都是最好的归途

2017 年 6 月 4 日于清晨

紫藤

攀缘缠绕藤本性，
侧生总藏花序下，
光暗贫瘠也能生，
紫花光丽总照人。

内有精神是坚韧，
护苑守家有其身，
编成箩筐几十年，
化作灰烬缘一生。

2017 年 6 月 4 日于清晨

静观其变

香炉山道人茫茫，
举目下看雾苍苍，
尘埃封锁大水乡。
五水共治喊得响，
现状改变怎么样？
静观其变看政策，
何时一尘而不染？

2017 年 2 月 26 日

生死观

夕阳无限好，
何乎近黄昏？
规律不可违，
走了有何妨？
人本自然来，
回归自然中；
做人须努力，
活在当下好。

2017 年 2 月 27 日

游府山

题记：丁酉正月十六中午时分，阳光明媚，与夫人游府山、仓桥老街，赏天府山水，阅古越文化，品江南小吃，水乡虽有乌篷船，还是漫步古越城。

苍穹涵空青，
府山紫翠亭；
古树携藤蔓，
偶见两三人。

远闻越剧声，
缭绕府山顶，
山间空旷地，
对练疑情人。

俯瞰有剧院，
下山穿北门，
水乡有乌篷，
还是漫步古越城。

我的岁月

所谓的岁月
不过是自己经历世界
割草放牛
上山下地
哪有不知父母难苦与辛劳

背起书包上学堂
灯下夜读
田埂边上自习
完全是个读书迷

五湖四海皆同窗
用定理
用公式
思维创造不一样

目标清晰
工作卖力
同事融洽
跨过一座又一座桥

路——
还是
弯弯
曲曲
长长

2017 年 2 月 6 日

大地回春

早春生阳气，
草木吐新绿，
青山确有语，
不是我多情。

2017 年 2 月 3 日立春

孩子，你是我所有的希望

孩子是稚嫩、纯真的
像一张空白的微薄的纸张
你是我前世的约定
你是我今世的结缘
孩子，你是我最好的伙伴
大手牵着小手
相拥怀里——心头暖暖
耳鬓厮磨——私语悄悄
开怀游戏——笑声朗朗
孩子，我要做你最好的榜样
我不是圣洁完美的化身
行为习惯上可做你的典范
早睡，早起
合作，自立
带你在童话世界里探寻走访
孩子，我是你的坚强后盾
人生岁月，风风雨雨
人生道路，弯弯曲曲
淋雨、感冒、发烧
孩子别怕，脚比路更长

我们是前世的约定
我们是今世的结缘
你会撒娇,你会偷懒
我会骂人,骂我自己
我会打你,痛我心上
你哭,我哭
你笑,我笑
老天安排我们已无法分离

因为你的血管流的是我的血
因为我的基因留存你那里
岁月悠悠,人海茫茫
我们会走过
一段美好的时光
在白纸上画的、呵护的若有不足
你不必骂人怨天
有一天我走了
你亦不必悲伤
昂起头,做一个大写的人
读读我的诗
唱唱你的歌
自然有一片天地是属于你的

2018 年 5 月 28 日

注:"六一"儿童节即将来临送给女儿刘思涵的诗。

夜深了

寂静的夜晚
想起了你
相遇在茫茫的人海中
来不及送上鲜花
就匆匆别离

你来过，又离开
一次次地错过
楼道的拐角
夜晚的教室
缓慢行进的车厢
岸边，雨雾中
都透着你的气息

想着，想着
静悄悄的夜
梦化着一万年前
风云千樯
刻着一个残缺的故事
写成一首诗

在漫漫人生的路上
——做伴

2017 年 8 月 11 日

酒是男人的诗

酒,喝一口,
让你精神,
让你亢奋,
让你疯魔、也伤神。
真正的男人,
品酒,品厚醇;
酒是男人的麻醉剂,
也是男人的强心针。

酒,来一杯,
让你醉几分,
激情、澎湃,
当浓烈,方懂真爱。
真正的男人,
品酒,品女人;
男人是女人遮挡风雪的大山,
美酒是男人野性纯真的翅膀。

酒,再喝一口,
从黄酒到白兰地,
从杜康到红高粱,

酒坚守的是品性。
真正的男人，
品酒，品品味；
酒是志同道合的倾泻，
酒是沦落天涯的衷肠。
酒，再来一杯，
痛饮让你难得糊涂，
独酌让你保持清醒。
真正的男人，
品酒，品人生，
品出男人的个性，
品出男人的自尊。
酒是男人的诗，永不变心的朋友。

2017 年 4 月 20 日

第六辑　走一段唐诗之路

走一段唐诗之路(组诗)

☞迎恩门

越水浩荡,一座古老城门
像一位老人静坐于摩尔城的西边
静观人间
似乎人间早已把她遗忘

寂静的晨,天穹湛蓝
上天对我格外开一次恩
霞光金身
瞄准老人偷拍了几张美照

朝西,一番江南风情
朝东,迎接远方客人
望远思源
忘记了护城河流水的忧伤

是我的缘,我的缘
冥冥中有贵人让我走一段唐诗之路
涉远,登天姥
我走进一扇大门

2019 年 1 月 17 日

☞斑竹古村在行走

世界辽阔,从一个地方
走到另一个地方
是我的生命和眼睛在延伸

若没有诗人天姥的梦游
或许十辈子
都与天姥无缘,与斑竹无缘

斑竹的子嗣们
千万年驻扎守护天姥圣山
天不老,他们的情不变

这个古老的村庄啊
原本离我遥远
八辈子打不到一杆
现在已经在我的心坎行走

或许,是姥姥的指引
或许,是姥姥的缘故
文人墨客心往
难道,谢公不是
难道,太白不是
问一声霞客徐公公吧

他们踏出一条浙东唐诗之路
我绝不是
因为偶然的因素而路过

我是红尘世界中一粒尘埃
灵魂的摆渡
让我落在惆怅溪上
这颗凡心行走在烟波山水之中

2019 年 1 月 18 日清晨

☞秤锤岩

在唐诗之路走着、走着
遇到了天地良心
秤钩,秤杆秤砣
还有秤杆上的点点星星

现代的天平,分毫不差
也不一定
能称出人间的公平和公心

我,不是巧遇的
良心长在一个秤砣上
春夏秋冬不倾斜
暴风暴雨中屹立保持公正

2019 年 1 月 27 日

☞大石瀑

我一踏进一个大圈子
震撼,轰鸣声
万马奔腾
从古老遥远的地方滚来

我踯躅不前
只见洪荒,不见洪流
轰鸣声突然站在崖头
沉默,仅见固执

它,在放空体内亿万年的炙热
保持一种姿态
高昂,决意
装扮成唐诗之路的自然风景

2019 年 1 月 27 日

☞ **天烛湖**

天烛,你在哪里
莫非落入了之字形的湖中
十里潜溪
是新昌藏着的东方明珠

不要找啦
一定在人间的湖里
湖中流入天台山的翠绿
为什么
用碧玉掩盖天烛

浙东,唐诗之路
山顶确有一座天烛庙
因为庙
头顶着一片蔚蓝的天

2019 年 1 月 27 日

☞登上天姥山

天姥连天向天横
太白感慨
东白向往
逮住机会向野外军团借来五百个胆

迎恩门送我一车飞渡
路路十八弯
从斑竹西坡登上人造天梯
穿越玻璃栈道,云霞明灭

转入一段小路灌木密林
忽左忽右卜了云顶
站在北斗尖最高处极目瞭望
寻寻谢公屐怎也未见青云梯

攀上一个放鹤楼台
未闻姥姥声,未闻空中天鸡鸣
天姥山区区海拔九百
北坡下山确是千岩万转路

雪后处处断枝树倒
倚石嶙峋,溪水叮咚
突然,殷岩泉下虎咆龙吟
听到一种声音
太白在一座山峰之上

2019 年 1 月 27 日

连山堰情(组诗)

☞稷之源

览奉化西畈油菜花田
一块"稷之源"牌子
呈现眼前
层层金色的海浪涌来
不得问一问
油菜花是否是最早种子的来源

深深入了花海
我与花蕊低语
金黄的花瓣
那是太阳光芒的化身
绿色的种子
是太阳公公的前世

唐宗宋祖有否考究
遗风确实
后人乘凉
壮志奋发,凌云播种
润泽世界

让时光倒流,缓缓慢了下来
稷之源
不是高粱
忽然明白是山野一种小油菜

2019 年 3 月 17 日

☞**幸福的三只蝴蝶**

春风拂面
把奉化西畈油菜花海抹得金黄
我带着两只蝴蝶
在山坡山坳梯田飞舞

轻盈羽翼在金波碧浪里飘荡
有着迷人的红韵
乌黑的眼睛
在陇上、田间、花丛搜寻

深入其中聆听密语
金色的花瓣
天蓝的绿叶
皆是太阳光芒的化身

我涌动着无限的向往
大蝴蝶追随小蝴蝶
在花间飞翔
翅膀长出激情和遐想

☞连山堰情

题记：追随越家军户外拓展活动,胜览奉化西畈村油菜花海。

春天来了
奉化大堰是一个纯山区的镇
为什么
来了那么多的客人

拜访西畈梯田
沾一身金粉
心里,灿烂亮堂

从蒋家山头顺公路而下
溪水透明欢唱
每一集堰坝都留下客人的倩影

村落沿岸溪水东流
闲情雅趣
静静安下一份心来
可以听见鱼儿说着梦话

岭下大堰五洞桥
福星桥连接人间南北岸
桥与桥是不宣的心照

那山连水,那鱼儿弄人
从古到今
堰里人淳朴像山水一样

2019 年 3 月 17 日

瓯江之春（组诗）

☞我的思想走进瓯江深处

我常站在瓯江南岸
滨江壹号十六楼的高处
俯瞰江水滔滔

我的梦从瓯江上游凤凰山上下来
伏在白鹭的身体上
扇动翅膀
沿江面做一次清晨低飞

顺流而下,遇见
两条红鲤鱼逆流而上
跑进我的意境
这时的白鹭飞进江中的天空

白鹭对红鲤产生了向往
多么恩爱的一对
自由又自在
白鹭奋力一飞跃出江面

我没有从梦里出来
自己成为水中的一只鸳鸯
这一对红鲤插上翅膀
在空中盘旋三圈又落进瓯江

2019 年 2 月 15 日

☞瓯江之春

（一）

瓯江一种情愫悄悄地涌动
白鹭第一个发现
冬眠的动物还没有睁开眼
鱼以为还是冬天

不是一群白露伏飞的时候
不是一只单飞
是一对情侣沿鹅卵石水草散步
转动着眼睛

仅凭白鹭的利爪和尖嘴
撕开冬天的封冻
挖出砂石下一处处都是源头之水
这个地方叫龙泉

（二）

瓯江一种花卉日夜绽放
天使第一个发现
熟睡的人们还在上演美梦

就连蜜蜂还蜗居着

不是蓝天白云的时候
不是清风徐徐
是天使伴随曙光扇动着翅膀
转动手中的经筒

仅凭天使的一把拂尘
清除了航道的肮脏
上游清澈的江水一路向东流淌
绿色浪花盛开

（三）

我是瓯江流域一个外来使者
是最后一个发现
这里是白鹭的家
也是蜻蜓和蝴蝶休息的道场

春夏,不管秋冬
不管是在瓯江的上游
或其高处或低处
阳光里活着许许多多的绿色野草

她们仅凭一颗清纯炉火一般的心
锻打出一个宝剑之都、青瓷之都
只要泉水能灌溉的地方
这些野草常年葱郁茵茵

2019 年 2 月 16 日

一座廊桥(组诗)

☞我更喜欢

一路春风一路雨
一路花开一路落

我喜欢鲜花
我更喜欢小草青青

我喜欢爬山
我更喜欢站在山顶

我喜欢春天
我更喜欢收听割麦子的声音

☞一座廊桥

多年前,来过
绍兴文理学院
走过一座绍兴独特的廊桥

廊双向,跨度大
翘廊左右檐挂二路红灯笼

美好记忆
把我带到江南绍兴

此后飞出大山
龙泉丽水——永康绍兴
架起一座双向的廊桥

经停,十里荷塘
途经驿站
常穿越这座空中廊桥
丽水龙泉——绍兴永康

☞不念过往

不念过往
不乱于心
春春夏夏秋秋冬冬

这个天地,我的世界
我来过
我哭过
我笑过

我不在乎
这一生一世的结局
付出的
总有雨水淋湿
总有阳光普照

☞ **垂竿钓鱼**

我坐在江南水乡的河岸
垂竿钓鱼
我一直不需要
提起这根竿

一根线,连接江水湖泊
连接大海
还有什么比这根线系得更远
思念远方

☞ **我的诗藏在琴弦里**

一路春风
一树花开
丝丝细雨
拨出少女琴声韵律

一个嫩芽
一条柳枝
飘飘洒洒
拾起少男琵琶曲响

☞ **塘栖古镇**

塘栖,元代商贾云集
明清富甲一方
古镇新城,弄丢七十二条半弄
三十六爿桥的风貌

长长跨度
七孔通济桥
很不愿讲述当年的风采

郭璞古井双耳失聪
乾隆御碑、栖溪讲舍碑不说谎
太史第弄闷声
水南庙也默默无语
华昌、复昌、恒昌、汇昌
都有暗昌时

高阁清流长桥月色
溪口风帆永明晚钟
古镇的魂和根
在与不在
只有改了名的广济长桥知道

2019 年 3 月 10 日途经塘栖古镇

金峨山（组诗）

☞金峨山观音阁

背起行囊一路行远
随岳家军穿越金峨山
一树一菩提
有寺有阁有庵必访

金峨山不负我望
善目花期已过的杜鹃以菩萨的身份
以一身素洁
虔诚地安慰我和青山

善目的群山
宛如金峨山上打坐的菩萨
以自身的柔软
洗尽我的铅华

喧嚣烦躁撤退
茶山、溪流、鸟鸣明显消瘦
天地间空旷
求一隅偏僻静安

☞**杜鹃**

我出生大山里,唯有对杜鹃
有一种认同
安静而奔放

一生未见过金峨山
如此辽阔的杜鹃
站在天涯
俯瞰象山
俯瞰东海龙王

杜鹃有满山跑的习惯
遍野欢笑
一族谱几个村落
空濛的山头,似赤红,似云霞

花落,变成绿色的笑声
如潮水涌动
淡香,沁人
淹没世俗的烦忧与纷扰

天空弯下身,寒风低下头
金峨山高了
因杜鹃的站立
三方满面红光

☞**金峨山**

金峨山,小名叫金鹅山

春天没有金色
只拥有绿色的羽毛
振动翅膀
伸长东侧西侧两个方向
把阳坡地
装在像诗行一样的绿色茶园
让明晃晃的溪流
和炊烟——独立远行

杜鹃——花开花落
春夏之交
满山慈母一般绿色崛起
春夏秋冬
陪伴遍野奔跑的石头

金鹅山,大名叫金峨山
因巍峨峰峦叠嶂
山峦绵延
像天鹅一样决意展翅飞翔
注视白岩山
左看鄞州,右看奉化
大山的山梁像一根大扁担
挑两个同名的村庄

金峨山,霞光照进了河流
金峨山,河流拽住了阳光
金峨山,多种鸟鸣声烙在我心头

☞云雾岭古道

金峨山披一身绿色袈裟
掩藏一湖碧水
育养一方子民
把古道严严实实藏在新道之中

车岭庵黄墙黛瓦脱落
正在涂上新颜
观世音菩萨睁着一双大眼睛
看着落难

唯有翠竹、溪流、鸟鸣的感情依旧
我却错过,朦胧
桃花水母的呈现
错过残垣唐墙宋井的悠久

2019 年 4 月 27 日

莫干山（组诗）

☞莫干山

干将与镆铘
在此崇山铸成雌雄双剑
一个姓融于山
一个名隐于山

这是大山的淡定
彼此厚重彼此
英雄豪杰气和
一切源于大山
是翠竹水杉的清纯

一股清泉
编织着春秋及历朝的故事
在商言商
都是江湖
隐藏掩盖隐藏

☞德清

清泉,翠竹灌木清新

流淌着
甜美的声音

风清、树青、鸟鸣
湖州泽明
皆来自心灵光线的醒来

照亮田野、山林、村庄、高楼
和心中的风景

莫干山脉
拥有一个气正德清

☞剑池飞瀑

泉水。流淌着
悠悠积攒山脉千年春秋岁月
不是偶然淬火声音
剑气冲天

泪滴。莫说英雄
洋洋洒洒
久远,久远
一条溪流站起来说活

☞石上奇树

石上一对站立百年兼好合的青冈栎
葱郁环抱朝气
蓬勃向上

宛如少男少女拥抱
四目黑眼相望

满怀期待未来
飘逸着上千万的红丝带
若相思镶嵌深情

树上坐着灵芝
世人敬仰
习练每一款姿势
采摘每一款幸福

☞ 旭光台

穿过清凉叠加的拱门
一个光彩
制作的世界
阳光放出岚气呈现一派诗意般朦胧
起伏山体
四季保持着绿色基调

好望一座城堡
站在对面山坡高点探出许多脑袋
多数是静逸华丽别墅
气粗亦气喘
耀眼夺目却是害羞

春光佛手层林叠翠
让秋意尽染
收旭日

藏夏火黄昏之夕阳
是。冬天的白
裹起一张琵琶半遮面

☞一条古道

一条古道光阴放逐光阴
无法准确核算
经武陵村多少英雄好汉
化作金钱松
世上又有多少个宋美女
化作香果树

古道啊,远上山巅
西风兜卖瘦马
太阳与月亮轮换退出王位
海角至天涯
断肠人
魂魄截留莫干山

2019 年 11 月 5 日

太白山（组诗）

☞天童寺

西晋永康元年祖师义兴云游至此
山水氤氲
结茅修寺
其诚感动天帝
乃派太白金星化为童子
前来奉养护持

东谷地峡后有森林高山
左右半环抱
宗弼禅师凭此迁舍，僧人
千年诵经守寺
点灯续焰
遂成一条古香道

道旁青松茂盛按上三道山门
古树参天
拱桥衔接前后万工方塘
放生池碧水悠悠

千佛塔在绿荫丛中矗立
若带着眼睛
春夏秋冬
看护十八罗汉祈福广场
错落庙宇多重黛瓦黄墙

大殿前黎民挤挤各怀心愿
双手合十,香火
烟雾缭绕,但愿信女善男
都成天童

☞ **放生池**

放生是幸运,还是在锅中
有谁说得清

四季轮回
生命只是单程车票

就是放生一辈子
也不可能
是一件眼眸即可预测的事

功德加分与减分
爱异类
爱同类
给自己圆一个梦想

☞登太白山

（一）

通过天童寺山门是最佳选择
沿古香道
若踏着古人脊梁

穿过一片翠竹
顺洪水冲刷沟壑上山
最具野味

乱石皆是
腐木斜木挡路
阻挡不了越家军户外拓展

（二）

这次登山，阳光格外灿烂
白云从峰顶飘过
蓝天眷顾

这次登山是一次特大山洪后的登山
山路中断皆垮
我们直上右边一个峰顶

沿山脊山梁前进
虽已入初冬却改变不了江南的郁郁葱葱
在灌木丛中穿行

（三）

北坡陡峭,落叶皆多
爬过一个山头
皆有一个山坳

目标华顶峰一个圆球或左或右
时隐时现
海拔越来越高
灌木越来越矮

前方呈现芦花一路摇曳
阳光,你就灿烂
西斜一生走来
犹如爬山见到的风景

☞ **下坡路**

登上越高,下坡路越长
你登上高峰
必须下得来

我登过天姥山、金峨山、天目山、东白山
下坡虽长
皆有小路台阶下

可是,这次登山
其中长长一段是陡峭滚石路
下山连滚带爬

其实要安全就无须顾及脸面
走下坡路
有否台阶
都是一条出路

☞阿育王古寺

阿育王,印度无忧王
其名古寺始建于西晋武帝太康三年
素称东南佛国

春秋风雨,炎夏寒冬
站立于宁波太白山麓

闻名中外寺内珍藏佛国珍宝
释迦牟尼
留下真身舍利
不舍众生
舍利宝塔玲珑

我们越家军户外拓展爱好者,来此
恰好是黄昏
寂静寺院
能否保百姓无忧
我还是
相信蔚蓝的天

2019 年 11 月 19 日

西园深深 (组诗)

☞一池水

我住在府山西路北海西村
同山麓西园同眠
深夜唯独自己醒来
夜游

从东大门缝隙挤进右转
踏着青石板
绕过水乡一致的素墙黛瓦
穿过六边形拱门

眼前一湖云锦池水
挡住去路
拿不准,这是西园的核心
藏有秘密
一座不经传的八角亭站着
面对湖水
未知思寻多少年代

☞生锈的漆

朝北瞭望
路是有的,沿青瓦矮墙潜入
经过一堆深眠假山
翘檐的楼宇
连接一弯弯曲廊

多亏深处红灯笼睁一只眼指引
青石板路
找出一座水乡的桥
站在湖岸看管的六角楼亭
似睡非睡

幽暗生锈的江南漆
锁住,缠绕
西园一条长长幽暗的时空
我却想把它打开

☞一块石碑

像柳暗花明
我的眼前不是一片漆黑黑
不是没有滋味

站着一位那个朝代的老人
我仰望老人
它却是近代的一块石碑
流下锈迹的泪

微光感到孤独
忧心忡忡照着石碑未走完的路
站在十字路口
徐渭、陆放翁、贺知章……
断断续续
讲述西园的历史

☞ **诗巢**

我爱江南水乡生锈的漆
绣着江南的文化
我更爱
深深的西园

她有 ˙双深邃忧郁的眼睛
看着我夜里来访
她却用西园的黄昏云霞欢迎
不是夜景

是那个时候西园的诗山
备受人推崇
如今,夜空
唯独这栋旧楼
深藏一块"诗巢"老匾
高高的
悬挂正堂中间
涂满江南的漆

☞等一场雨

说实在,遇见"诗巢"
一定是我
这一辈子最幸运的事
我久久不愿离开

萌发了新的想法
余生用诗意生活
用诗歌加倍诠释出来
不顾老朽是夕阳

我试着把西园这块"诗巢"老匾
抬出
让老天
痛快地下一场及时雨吧

我的青梦在低洼处挣扎
该是梦醒时
长长的夜游
黑夜过后就是清晨

2019 年 4 月 16 日清晨

春风盛宴(组诗)

☞春天的脚步

春从隆冬深处,从荒芜的世界中
从冰层的底部
从存有的一点点萌动起步

大雪融化,冰河涌动
是风带来消息,春雨在来的路上
一阵惊雷唤醒小草

细雨给万物洗了脸
从黑龙江到海南三亚
拂过江南
江南是绿色漫步的世界

大地复苏,高山欢呼
是风带来消息,春花在来的路上
一阵惊雷唤醒花蕾

清明政策步步为营
从大西北到大东南

白云飘过
踩出天空一片蔚蓝

☞ 超山梅花

超山是不是超出人间的天堂
是不是天上的仙境
我随越家军
从后山翻越投入你的怀抱

游客从东门和北门一批批涌入
超山梅花
在召开一场盛大姻缘介绍会
超度人间的灵魂

我漫步在梅花林中的小道上
忍不住钻进梅林
被雪海白浪包围
让一个灵魂,把心事说给了梅花
接着又被红海波涛洗涤

万种滋味,三二四五一群
千般纠结与梅花低语
花瓣纷纷扬扬灌醉了我的血脉
沸腾着我的心肠

我们好像来到另一个世界
在寻找前世什么的折痕或遗物
头脑特别的简单
用手机欲握住眼前的惊喜

要不是,越家军户外的军规
我们能离开吗
和梅花牵扯纠缠
带着茫然也带着一种新感觉离开

☞**春风一路吹来**

清晨,傍晚
几声鸟鸣都是甜甜的
拉开窗帘
阳光跳进我的窗
经停绍兴
熟知此处是江南
过往瓯江
弯弯长长穿越丽水龙泉
美丽乡村
绿水青山
呈现在我的眼前

夜晚,不是最后的风景
灯光灿烂
拉上窗帘
温柔滚入大床
天穹蔚蓝
是因为有人负重站在边防
筑成一道长城
美丽
幸福
春风一路吹来

☞ 杨柳依依

西湖白堤是江南河岸的经典
纤瘦小柳姑娘
摆动腰身就站在你的眼前

我真想牵一牵小柳的手
揉一揉小柳的腰
嫩黄的芽头是冬天过后长出的梦

春风,才有资格牵手小柳
她碧玉丰韵昂头挺胸
是春风勤快梳理出飘逸的长发

君是杨,谁是柳
梦牵魂绕,西湖的断桥永不断
小桥喜欢上流水

哦! 我想起小柳还有个别名
叫依依,她的自信来自哪里
天空蓝蓝
白云游走清风徐徐送出

☞ 那是三月的蝴蝶

久雨,逢阳
心情由阴转晴,格外的飘逸
赶上三月
余杭超山梅花的盛世

携夫人和女儿赏梅
从后山飞进梅林
梅花低语向我们表白

自然善用华为手机的智能
收录梅花眼前的惊喜
圣洁感召一树树梅花
心灵感应一张张照片

三二四五一群蝴蝶
从东门和北门一拨一拨涌入园林
经停在花朵上
灵气和生机充满整个超山

飘落纷飞的花瓣
梦幻奇葩的魔力
那是三月的蝴蝶
从一朵朵梅花枝头破茧而出

☞ **那一树梅花的心事**

校园河岸
一树梅花盛开
到了三月
点点梅花依然站在枝头
风吹花瓣纷飞
依依不舍
荡漾在河面上

花瓣啊

萦绕残留荷杆仔细察看
小荷什么时候
露出尖尖角
谁也看不透水下情况
污泥浊水
永远上不了岸

真猜不透
朵朵梅花
是否挣脱母体
做一次冒险的旅游
落花虽没有尽头
愿水中的飘荡
足以让莲藕撑起一把把绿伞

注:发表于 2019 年 12 月《星星》诗刊

☞春风盛宴

春风,从天河高处起动
从初心起步
用鲜花装饰我们的世界
点绿芭蕉
点红江东
那边田野,桃花盛开
这片山林,满山遍野紫金花集结
借用春剪
于河岸裁出碧玉绿叶
你哪里来的神力
绿了江南水乡还绿山坡田野

囊括东南西北

春风,你徐徐吹来
攻坚深入脱贫
让乡村
建设更加美丽
激活民营与国企
助力中国
品牌扬帆出海
掀起科技创新的浪花
铸造大国之重器
看,长城内外
中央为地方河山
酝酿一场场
郁郁葱葱的盛事

2019 年 3 月 10 日于超山

春暖江南(组诗)

☞春天门开了

新时代,犹如劲风
带来喜雨
江水滔滔唤醒万物

美丽乡村建设
郁郁葱葱
这股劲风
力推后浪涌向前浪

泱泱华夏犹如大海
春暖花开
潮涌潮声紫气东来

☞春之行

春雨,喜欢江南
行走在江南水乡的路上
开春阳升
宛如一位绿姑娘走来

雨声打开话闸到元宵而未休
第一个唤醒江水
烟雨朦胧的水乡
大家醒来伸伸绿色的双手

江南开始热闹起来
鸟语几声花香
小桥爱看流水
柳枝姑娘站在河岸随风随雨
舞动青春和热情

我喜欢绿色盛行的春天
江南氤氲
这是在春天一切都刚刚好的江南
掐准在太阳出现时踏青

2019 年 2 月 21 日绍兴

☞春暖江南

春风春雨,轻轻踏着旋律
朝小路朝山林
朝田野朝我水乡飘过来

二三缕阳光斜照
几枝迎春花
噘起小嘴巴甩给我几个微笑

阳光搂着春风
春风抱紧阳光

江南绿草地上依偎一对情侣

笑声落在河岸,落在河面
泛起一丝丝涟漪
涌动一片片春意

我们坐乌篷船去
穿过小桥,喝一杯女儿红
化解岁月流水的忧伤

少男少女亮起乌黑的大眼睛
扬起飘逸的长发
甜甜几声鸟鸣开起一树梨花

蜂蝶三两群自由飞翔
花朵花蕾,和风细雨,草树依依
云彩缠绵青空
时代春暖悄悄伸进江南

2019 年 2 月 26 日

山里的阳光（组诗）

☞长乐镇

长乐是最幸福的事，如阳光的温暖
镇守自己的心房。谁都愿意

没有寒风，没有曝日
在长乐镇蓬瑠村美女峰瞭望哨是不可能的

没有冰冻，没有雪飘
在蓬瑠村高山湿地忘忧谷是不可能的

唯有温暖的阳光
能永恒照耀山林溪流翠竹村庄

唯有阳光的笑容
能响彻山坳的军马场留在美女峰瞭望哨

只要穿过峡谷溪流灌木丛登上山顶
就能瞭望西白山东白山

我只爬过一次这里的高山
就愿做这里的村民

拥有山里的阳光镇守自己的幸福

2019 年 11 月 10 日于凌晨

☞瞭望哨

瞭望哨的眼睛长在悬崖峭壁上
遥望东白山西白山,瞭望远方的天空
岚气朦胧
我可以想象瞭望哨的过去、现在和将来

过去警惕一种飞机偷偷飞过来飞过去
"列宁为什么说
对资产阶级专政,这个问题
要搞清楚。"

"我们决不可因为胜利,而
放松对帝国主义分子及其走狗们的
疯狂的报复阴谋警惕性……"

"这个问题不搞清楚,就会变修正主义,
要使全国知道。"
这是哨所内的标语从过去鲜活到现在

请你来"身在哨所内放眼全世界……"
不管将来
盛夏炎炎都是为了一个浓浓的深秋
不管将来
冬天咋样都是孕育一个明媚的春天

2019 年 11 月 10 日

☞ 忘忧谷

大山山林山坳、阳坡地
为什么敌机要来侦探,出没这地方的上空
我正在思考这个问题

一边走一边察看,一边拍照一边遗忘
仅看见满山遍野的是睁开眼睛的芦花
向我点头暗示

她们在春夏吃过一种菜,才愿意在深秋、在隆冬
为这片土地站岗
为这座山白了少年头

敌机飞过一阵子就不飞了
这些兔崽子忘记了故乡
忘记了爹娘,至今不愿回归

我想不明白这种菜是不是一种药
长满忘忧草的谷地是长满快乐的地方
我看见忘忧谷都是村民

2019 年 11 月 10 日上午

☞ 军马场

大山深处总是藏有秘密
军马场紧挨忘忧谷

现在内陆天空一片蔚蓝

不见哨兵,不见军马

满地都是阳光的小碎花
不是被军营右边的青松灌木打碎
是军人留下的作品

阳光展开这片山坳腹地的空旷
有三三两两
有密密麻麻站立着的芦花在风中摇曳

她们拥有骏马的骄傲
和军人的风姿
欢迎我们来访的亲人

2019 年 11 月 11 日

☞芦花

深秋伸进初冬
芦花睁开了雪亮的眼睛
将红尘杂念,
丢给风一口口吞咽……

在诗意盎然的山谷里,小路上
静静守候,放飞乡愁
身心格外变得纤瘦和空灵

她在风雨中一恭一迎
从少年到白了头,
就做一事。今生只为爱情鲜活

站岗

2019 年 11 月 9 日

☞羊驼

不远万里来到这里
是因为这山，这地，这海拔，这水
这绿，这阳光

这里的风总是这样有紧有慢
看好这里的风景

我一见羊驼就呼叫驼羊
驼羊也爱上这里的风光

神奇的驼羊，形像神更像
是羊的后代，还是骆驼的后代

她输出羊驼毛、肉、鲜血和骨头
后蹄奋起来比前蹄高

2019 年 11 月 11 日

九溪（组诗）

☞十八涧

天堂九溪，这里不是小天堂
北接龙井
南贯钱塘
群山环扣鸡冠垅
溪流淙淙流淌

龙井狮子峰和自翁家山
二龙绵缠绵绕
身隐清湾、弘法、唐家、小康、佛石涧
栖云中昂清头
亦藏方家九溪，曲折隐忽
几番重峦叠嶂

茶园镶嵌山鸟嘤嘤
峰回路转
晴天秀色可餐
阴天烟云朦胧
流水淙淙

这不是天上的仙气吗
缥缈于溪于涧

☞ **烟树**

世上有日照香炉生紫烟
你不可能
未见未闻
前方有炊烟袅袅升起
九溪十八涧
隐身于层林叠翠中

在大树古树中却露出白云人家
远看朦胧
常见云雾腾腾升天

阴天如此迷雾
流烟扑面湿
太阳公公又何
我不敢问——何为烟树了

☞ **龙井问茶**

在此胜境品茶
三谢不为过
一谢天堂九溪十八涧冒青烟
二谢村民
三谢青龙白龙常在

抬头,抬头仰望
井口在天上

笼中山鸟
嘤嘤守护着朦胧的茶园

一片绿叶
是否一缕阳光
一杯清茶
是否一个世界

☞ **红枫**

小雪瞬间飘过
冬月第一天踏入九溪十八涧的领地
迎接我的是红叶

有的从树上跳了下来
有的在观望
她们一个个哭红了眼
那么真诚

每年尽管皆空没有结成果实
脸蛋红了该红
闯过冬天
没有一次
是心血来潮的

2019 年 11 月 26 日

诗集简评

必须承认,经过一番执着追求和大胆探索之后,走在路上的施德东,已然找到自己喜欢的表达路径和抒写方式,如喷泉般绽放出诗性的光芒。

近些年来,他创作了一批可圈可点且自成特色的诗歌作品。诗集《梦路生花》的命名,本身就颇有意味,诗人在梦想与现实、自我与生活交织的情景中去营造诗意空间,从中隐约可见潜藏在文字背后的生命感应和心灵回声。这些声音的凝聚,既贴地气又氤氲着自身的呼吸,如同大山深处的石头,蕴含着一种质朴和温热。

感受其人,欣赏其诗。诗人施德东无论是把笔触伸向他依恋的"大山大山,我回家住"而铺开的诗行,还是捡拾岁月中的温暖记忆去欣赏"对岸的灯"而律动的畅想曲;无论是给人以希望、力量和美好的"在冬天唱春天的歌"所流露的对于世间的温情和物事的体恤,还是置身于江南水乡依然跃动"我心飞翔"所展示的个人化抒情;抑或是在追溯历史、珍惜当下的语境中,自觉地"走一段唐诗之路"而生发的对诗与远方的热切向往以及种种思索……其抒情场域指向的都是通往那条——"路,梦在延伸"。一方面,诗人内心深处始终保留着一处充满美感的原乡之地;另一方面,从日常事物及交错于城乡之间的情感原点出发去攫取诗意,让其诗的抒情维度具有强烈的现实意义与时代特征,而对于历史与古典文化的根性体悟,则让诗歌的抒情维度洋溢着一种人文情怀。

桃李不言,下自成蹊。

　　与早熟的诗人不同的是，长期在高校里工作的施德东出道较晚，可谓是厚积薄发，大器晚成。难得的是，作为一位有理想有情怀的歌者，施德东兼具现实精神姿态和历史文化眼光。整体观照，施德东诗歌的可贵之处在于，他笔下的人事风物总是带有鲜明的时代特征。确切地说，诗人善于从日常生活和现实场景中提炼诗情，又善于寻找审美日常化与历史性抒写的平衡点，以内心的声音和能动的方式记录新时代新生活的感动与思考，在某种程度上达成了诗歌现实性与审美性的统一，同时从一个侧面证明了诗人对时代与历史、人生与梦想的内在意义的敏感，以及个人诗歌写作生命力的灵动闪现。

庄伟杰[①]

2020 年 5 月 6 日

　　[①]　庄伟杰，闽南人，旅居澳洲，著名诗人、作家、评论家，复旦大学文学博士后。破格聘任为华侨大学教授、研究生导师和学科带头人，暨南大学兼职研究员，澳洲华文诗人笔会会长，中外散文诗学会副主席。

后　记

　　我非常荣幸！感谢您翻到此页！

　　我的诗清纯、透明，也有浪漫所在。一个从事物理教学的人，一个从事成人教育的人，一个做了几年管理的人，一个快要退休的人，怎么一下子转向诗歌写作呢？诗写得还很嫩，怎么就要出一本诗集呢？或许您想了解，允许我向您啰唆几句。

　　人生一路走来，一直像在梦里。

　　一个从乡下走到丽水学习、工作、生活30年的我，突然从连城义来到江南水乡绍兴，其中许许多多的经历是意想不到的，哭哭笑笑，酸酸甜甜……偶然中也有必然。走到此时，只剩余生，一个简单的想法，就是想过一个诗意的晚年，欲借诗歌记录此生，见证社会变迁，给人生画一个美好的圆。

　　人一生中，会遇到许多贵人，一句简单的话抑或是一次挫折，都会激发你的斗志。我是这样开始写诗的，也是这样坚持写诗的。我认同陶行知先生说的一句话——"生活即教育"，还认为"生活是先师"。诗歌创作一定来源于生活，所以，我一有机会就四处学习。

　　先是在网上学习。在网络发达的今天，智能手机给予我很大的帮助。我常在朋友圈分享一些自己创作的诗歌，得到朋友、同学和同事的支持与鼓励后，就不停地练习写作。于是，遇见了一些志趣相投的诗友和老师，如李小黑、黑马建雄、马英、月满西楼等老师，他们给予我极大的帮助。我先后在《中国风》《御风秦楚》《大东北诗刊》《天涯诗刊》《雪魂》《广州诗刊》《大沽河诗歌》《作家导刊》《世界作家园地》《绍兴诗刊》《远征诗刊》《中国好诗》《名家名刊》《南海风》《汉诗世界》《河州文苑》《河南文学》《广州文学》《华南诗刊》《中国乡村》等数十种网络平台和纸刊上发表诗作，还参加了《大东北诗刊》同题诗创作。这里要感谢杜晓旺、华意、余新明、龚小猪等评审老师的指点。至今，我仍坚持参加《大东北诗刊》《海之岸诗社》和《湖北诗歌》同题诗的创作。

经诗友推荐，我拜《大家》主编西玛珈旺为师，西玛珈旺老师原名王永纯，是鲁迅文学院二十四期作家培训班学员。经他指导，我懂得了诗歌创作的一些基本理论与要求：诗歌既要有诗意，也要留白。我写啊！写啊！黎明时分就开始写，功夫真的不负有心人，2018 年我在"魅力朱备"第二届乡村沐野节——暨九子岩首届诗歌征文大赛中获得诗人"实力奖"。那次，我在安徽青阳县九子岩景区宾馆遇到王老师，之前王老师一直指导关注着我。在朗诵与颁奖现场，我有幸见到几位著名诗人——谢冕、峭岩、绿岛、安娟英等。这是一次诗人聚会的盛宴，我在其中不仅沐浴了诗意，享受了大餐，夫人、女儿也获益匪浅。由此，我胆子也大了起来，试着给《浙江诗人》投稿，《让阳光从一扇小窗进来》《你和太阳一同升起》等诗在《浙江诗人》第 780 期发表，《水之韵》获得《中国乡村》第二届乡村十月征文比赛一等奖，这些都极大地鼓舞了我的诗歌创作。在学习创作诗歌的过程中，我还认识了东方浩老师、何玉宝老师、天界老师。一路走来，特别要感谢他们给予我的悉心指导与点拨，何玉宝老师还在百忙之中为我的诗集锦上添花——作了序。

高山景行，学无止境。随后我又拜诗人野岸为师，野岸原名陈小平，是中国作家协会会员、中国高教学会秘书学专业委员会理事、四川省写作学会常务理事、四川诗歌学会理事。我常常给陈老师发一些新作，他都一一点评给予指导。

现摘录几段话与大家分享：

　　诗歌鉴赏和写作要讲究四个字：情、意、象、力，即情感、意蕴、形象、张力。望写作时加以注意，结合创作实践，多多揣摩。

你这组诗太过平淡,缺少意蕴。诗人是思想家!诗歌的语言要优美、凝练,诗人笔下的人物、景色,应该是众人笔下皆无、心中皆有的东西,应该是最独特的感受。还是希望你能多读、多思。

你的诗还是浮在浅表层面。没有对事物独特的观察与思考,也没有情感的融入。古人云:诗缘情而绮靡。抒情是诗歌最本质的特征之一。没有感情色彩的诗歌,无论怎么写,都是苍白的。

你现在的诗从结构上讲没大问题,如果要提高,还需注重细节,抓住自己对事物最独特的感受,尽量避免大和空。细节是万神之神。此组诗清新、流畅,感情真挚,比以前的诗又进了一大步。

如要提高,还需练字、练意,把诗歌写得更有韵味。可以尝试运用现代诗歌技巧进行创作,比如象征、意象暗示、反讽等。

陈老师就是这样细心,常发新诗供我学习,在此表示衷心感谢!

脚下的路在延伸,贵人还在不断遇到:比如浙江越秀外国语学院徐真华校长、费君清书记、叶兴国副校长、朱文斌副校长,他们也都一路支持我、鼓励我。在此,还要感谢旅澳著名诗人庄伟杰教授,和他一见如故。他师从谢冕,博士科班出身,是一个有思想的诗人,也是出色的诗评家。通过他,我还认识一批东南亚著名的诗人林焕彰、白灵、阿辛(王性初)、郭永秀、王崇喜、荣超、林子大姐、孙德安、林晓东、孙宽等,当晚,我们喝酒至东方鱼肚白。我的诗集原名"梦路延伸",向庄教授请教后改为"梦路生花"。后来,我以此为题创作了一首诗,又多了几分想象和意蕴。

此生,遇见的贵人,不胜枚举,包括出版社的朋友,唯有默默地记在心里,才能不辜负大家的期许。同时,还要感谢书法家方栋楚老先生为本诗集题写书名。部分图片来自网络,在此一并表示感谢!

　　本诗集是我开启向往诗意生活的一个标志，一个阶段性的总结，定有许多不足之处，敬请大家多多包涵！恳请您提出批评意见！

　　　　　　　　　　　　　　　　　　　　2020 年秋于绍兴